Das Buch und die Autorin:

Wenn man bei Swingerfreunden Geburtstag feiert,
kann es ja durchaus passieren, dass die Party zur
Sexparty wird. Allerdings ist so etwas eher
ungewöhnlich, wenn nicht alle Anwesenden Swinger
sind – und man auch gar nicht so recht weiß,
wer eigentlich wer ist. Wir empfanden es als ein
Spiel mit dem Feuer, dass wir das erst noch
herausfinden sollten. Und es sollte nicht
das einzige Spiel dieses Abends bleiben.

Kirsten Steiner, Jahrgang 1984, studierte
Literatur und Geschichte. Seit Jahren ist sie
gemeinsam mit ihrem Mann in der Welt der
Swinger unterwegs. Einige ihrer Erlebnisse hat sie
zu der Serie „Aus meinem Swinger-Tagebuch"
verarbeitet, in der sie diese besondere
Form der Erotik beschreibt, die sich nicht allein
auf zwei Menschen beschränkt.

Kirsten Steiner

Die
Sliplotterie

Aus meinem Swinger-Tagebuch

Bibliografische Information der Deutschen
Nationalbibliothek: Die Deutsche Nationalbibliothek
verzeichnet diese Publikation in der Deutschen
Nationalbibliografie, detaillierte bibliografische
Daten sind im Internet über
http://dnb.dnb.de   abrufbar.

Herstellung und Verlag:

BoD – Books on Demand, Norderstedt

Coverfoto: Dreamstime

ISBN: 9783749421589

Eine Geburtstagsparty bei Freunden:

Ich erkannte das Haus sofort wieder. Unser bisher einziger Besuch hier lag zwar schon einige Monate zurück, aber als wir in die kleine Wohnstraße einbogen, fiel mir das rot verklinkerte Einfamilienhaus am Ende der Sackgasse sofort ins Auge. Wobei ich mit dem Anblick des Hauses weniger die moderne Architektur verband als vielmehr die prickelnden Erlebnisse jener Nacht zu viert im vergangenen Winter.

„Warte mal", sagte ich zu Steffen und legte ihm meine Hand aufs Bein. „Halt mal an."

„Hier? Da vorn sind doch auch noch freie Parkplätze."

„Macht nichts. Halt bitte mal."

„Was ist?", fragte mein Liebster, nachdem er den Motor abgestellt hatte.

„Wir sind zu früh", sagte ich, ohne das Haus aus den Augen zu lassen.

„Aber genau das hatten wir uns doch vorgenommen", entgegnete er.

„Ja, schon. Aber doch nur fünf Minuten. Eingeladen sind wir für 16 Uhr, und jetzt ist es erst viertel vor vier. So früh können wir da nicht auflaufen. Außerdem hat man auch von hier den Eingang gut im Blick."

„Wie beim Besuch im Swingerclub", entgegnete Steffen grinsend.

Da hatte er recht. Wenn wir in einen Club gingen, dann blieben wir gern ein paar Minuten im Auto sitzen und beobachteten, wer in der Zeit so alles ankam. Seit unserem ersten Clubbesuch sieben Jahre zuvor hatten wir uns das angewöhnt – jedenfalls bei Clubs, bei denen man vom Auto aus die Eingangstür sehen konnte. Allerdings war dies hier kein Swingerclub, sondern das Wohnhaus von Freunden. Und die Geburtstagsparty, zu der wir an diesem sommerlichen Samstagnachmittag in einem Magdeburger Vorort eingeladen waren, war ausdrücklich keine Swingerparty – wenngleich die Gastgeber in Aussicht gestellt hatten, dass sie sich zu einer solchen entwickeln könnte. Denn wir würden nicht die einzigen Swinger unter den Gästen sein. So jedenfalls die verheißungsvolle und gleichermaßen nebulöse Ankündigung des Geburtstagskindes.

Auf 16 Uhr zum Geburtstagskaffee eingeladen zu werden, erinnerte mich irgendwie an eine Einladung bei meiner Oma. Ich mochte meine Oma und ihren selbstgebackenen Kuchen sehr. Aber bei einer Einladung zu diesen sehr speziellen Freunden, hatte ich andere Erwartungen.

Wir waren gleichermaßen überrascht wie erfreut, als wir ein paar Wochen zuvor eine Mail von Lara und Holger in unserem Postfach bei Joyclub.de vorfanden:

Hallo ihr Lieben,

es ist kaum zu glauben, aber Holger hat auch in diesem Jahr wieder Geburtstag. Es steht zwar keine Null am Ende wie im vergangenen Jahr, aber auch 41 Jahre auf diesem Planeten sind ja ein Grund zu feiern. Und das würden wir gern mit euch tun – am Samstag, 5. Juli, bei uns zu Haus. Ihr wisst ja wo. Dass wir euch diese Einladung über Joyclub schicken, heißt übrigens nicht, dass das eine erotische Party werden soll. Jedenfalls nicht zwangsläufig. Ihr zwei seid zwar nicht die einzigen Swingerfreunde, die wir einladen, aber es werden auch ein paar Normalos dabei sein. Um dezentes Auftreten wird daher gebeten. Also bitte nicht unbedingt unten ohne oder eindeutige Anspielungen.

Liebe Grüße, Lara und Holger

Steffen und ich blickten in den Kalender, sahen uns an und nickten gleichzeitig. Ich hatte große Lust, dieses Paar wiederzusehen, das wir im Winter in einem Swingerclub kennengelernt und bei dem wir dann ein paar Wochen später ein erotisches Wochenende zu viert verbracht hatten. Ich sah meinem Mann an, dass es ihm ebenso ging. Ich freute mich auch deshalb, weil ich es immer schade fand, wenn man sympathische Paare in der Swingerszene kennenlernte und solche Kontakte dann rasch wieder verlorengingen. Das war uns schon häufiger passiert. Aber vielleicht war das der Preis, den man zu zahlen hatte, wenn man immer wieder aufs Neue fremde Haut spüren wollte. Und das wollten wir.

Wir sagten umgehend zu – verbunden mit der Frage, wie wir denn die anderen Swinger erkennen würden. Darauf kam eine Mail, die uns erstaunte:

Hallo Kirsten, hallo Steffen,

ihr möchtet wissen, wie ihr die anderen Swinger erkennt? Klare Antwort: gar nicht. Wir würden gern ein kleines Spiel mit euch spielen. Niemand von euch weiß, wer die anderen Swinger sind – und die Normalos wissen das natürlich ohnehin nicht. Die Aufgabe der Swinger ist es herauszufinden, wer sonst noch dieser sehr besonderen Leidenschaft frönt. Aber wie gesagt: bitte dezent!!! Und falls die Normalos alle früher gehen (was nach unserer Einschätzung durchaus denkbar ist), dann kann der Abend zu später Stunde ja vielleicht auch noch eine ganz andere Wendung nehmen. Wenn nicht – Pech gehabt. Um euch (und unseren anderen Freunden aus dem Joyclub) das Wer-ist-wer-Spiel nicht zu leicht zu machen, haben wir jetzt übrigens alle eingeladenen Gäste aus der Freundesliste in unserem Profil gelöscht. Aber wenn ihr euch gut benehmt, nehmen wir euch nach der Geburtstagsparty auch wieder auf ☺

Bei Steffen löste diese Mail einen belustigten Gesichtsausdruck aus, bei mir eher ein skeptisches Fragezeichen.

„Ganz schönes Spiel mit dem Feuer", sagte ich.

„Das kann man wohl sagen", entgegnete mein Liebster. „Aber auch ausgesprochen spannend. Ich finde das sehr mutig von den beiden."

„Wenn das man gutgeht", erwiderte ich nachdenklich. „Da kann sich leicht mal jemand den falschen Leuten gegenüber verplappern. Aber es ist ja Holgers Party und sein soziales Umfeld. Er muss wissen, was er tut."

„Das denke ich auch", bestätigte Steffen.

Ich sah ihm an, dass er viel Lust auf dieses Partyspiel der besonderen Art hatte. Und irgendwie musste auch ich mir eingestehen, dass das alles einen gewissen Reiz hatte.

Swinger und Normalos: Wer ist wer?

„Hast du eigentlich einen Slip an?", fragte Steffen, als wir jetzt kurz vor vier im Auto vor dem Haus unserer Freunde saßen und auf das Vorrücken der Uhr warteten.

Dabei ließ er seine Hand auf meinem nackten Bein höherwandern, bis er den Saum des Minirocks erreicht hatte. Mich wunderten weder seine Liebkosungen noch seine Frage. Mit dieser Frage hatte mein

Mann schon häufig die Wanderung seiner Hand unter meinen Rock eingeleitet. Mich wunderte lediglich, dass er das nach über anderthalb Stunden Autofahrt erst jetzt in Erfahrung bringen wollte. Außerdem litt mein Mann offenbar mal wieder an partieller Vergesslichkeit. Schließlich hatte ich mit ihm ein paar Stunden zuvor in unserem Schlafzimmer die Kleiderfrage ausgiebig erörtert.

Dabei herausgekommen waren bei mir ein blauer Minirock und eine weiße, etwas weiter geschnittene Bluse mit V-Ausschnitt. Ich hatte für einen Moment erwogen, den BH wegzulassen. Bei meinen mittelgroßen Brüsten war das durchaus machbar, und ich hatte das auch schon mehrfach getan – allerdings eher bei Verabredungen in der Swingerszene. Und da dies hier ausdrücklich kein Swingertreffen war (jedenfalls nicht so richtig), hatte ich dann schließlich doch zu einem BH gegriffen – allerding zu einem dünnen, weißen Demi-Cup-BH, der bei meiner relativ offenherzigen Bluse dann doch einige Einblick erlaubte. Dazu ein passender, ebenfalls weißer String (unten ohne war ja ausdrücklich nicht erwünscht) und blaue Heels, die fast den gleichen Farbton hatten wie der Rock. So hatte ich am Ende das Gefühl, für beide Varianten gut angezogen zu sein: Für die Geburtstagsparty mit vielen Normalos ebenso wie für die folgende Nacht mit unseren Gastgebern, die ja möglicherweise dann doch zu einem erotischen Erlebnis werden konnte. Jedenfalls musste ich mir eingestehen, dass ich insgeheim darauf hoffte.

Steffen hatte sich mal wieder weit weniger in gedankliche Unkosten gestürzt: Er trug eine sommerliche, beige Leinenhose mit blauem Oberhemd. Aber so etwas stand meinem sportlich gebauten Liebsten ausgesprochen gut.

Er hatte am Vormittag noch eine recht gute Idee gehabt, wie wir uns bei dem Wer-ist-wer-Spiel einen kleinen Vorteil verschaffen könnten.

„Lass uns etwas vor der Zeit da sein", hatte Steffen beim Aufschneiden des Frühstücksbrötchens vorgeschlagen. „Wenn wir als erste da sind, dann können wir sehen, wie Lara und Holger die anderen Gäste begrüßen. Ich könnte mir vorstellen, dass sie Swingerfreunde anders in den Arm nehmen als Arbeitskollegen."

Der Gedanke war nicht schlecht – auch wenn ich ein wenig Skrupel hatte, den Gastgebern vor der Zeit auf die Pelle zu rücken. Wenn Steffen und ich Besuch erwarteten, dann fand ich es furchtbar, wenn jemand so etwas mit uns machte. Allein schon deshalb, weil uns bei den Vorbereitungen fast immer die Zeit davonlief. Was man da am wenigsten brauchen konnte, waren Gäste, die auch noch zu früh eintrafen. Meine Eltern zum Beispiel machten so etwas mit Vorliebe.

„Gut", sagte ich dennoch. „Aber nur fünf Minuten zu früh."

Auf die Strecke zwischen Hannover und Magdeburg war das natürlich nicht so präzise hinzubekommen, weshalb wir nun ein wenig im Auto warteten, das Haus unserer Freunde im Blick hatten und Steffen meine Muschi befummelte. Als es zehn vor vier war, fuhr ein silbergrauer Golf an uns vorüber und parkte direkt vor dem Haus unserer Gastgeber. Das Paar, das ausstieg, steuerte die Eingangstür an, die Frau hatte ein kleines Päckchen in der Hand – eindeutig Geburtstagsgäste wie wir.

„Swinger oder Normalos?", fragte Steffen sowohl mich als auch sich selbst.

„Wer weiß das schon", murmelte ich und fixierte die beiden Menschen.

Sie mochten mit Anfang oder Mitte 30 ungefähr unser Alter haben, waren nett anzusehen, der Mann groß und sportlich, wenn auch mit leichtem Bauchansatz, aber mit einem kantigen Gesicht, das sehr männlich wirkte. Er trug Jeans und T-Shirt. Seine Frau war ein Stück kleiner als er, hatte kurze rotbraune Haare, trug genau wie ich Minirock und Bluse, der Rock schwarz und noch kürzer als meiner, die Bluse in einem sanften Rosa, das für mein Empfinden nur begrenzt zum Farbton ihrer Haare passte.

Was uns aber mehr interessierte als die Äußerlichkeiten, war die Art der Begrüßung – die uns leider entging. Kaum wurde die Haustür geöffnet, schlüpften die beiden auch schon hinein. Die Begrüßung fand offensichtlich drinnen statt.

„Ich glaube, wir sollten nicht länger warten", sagte Steffen, zog seine Hand aus meinem Schoß und leckte genüsslich den Finger ab, mit dem er mich soeben noch liebkost hatte.

Schade, murmelte die Erotikfee in mir. Ich hatte gerade angefangen, die sanften Streicheleinheiten zu genießen.

„Also gut", stimmte ich zu, obgleich es noch immer nicht fünf vor vier war.

Aber immerhin waren wir ja nun nicht mehr die Ersten. Meine Skrupel, den Gastgebern zu früh auf die Pelle zu rücken, konnte ich also zumindest etwas reduzieren.

Ich nahm die selbstgebackene Erdbeertorte, die mit Kühlakkus in einer Transportbox stand, aus dem Kofferraum, und wir gingen zum Haus. Auf unsere Frage nach einem passenden Geschenk, war die Bitte nach einem Beitrag zum Kuchenbuffet bei uns eingegangen. Da uns das als nicht ganz ausreichend erschien, hatte Steffen nun auch noch eine nett verpackte Grappaflasche in der Hand. Er drückte auf den Klingelknopf, ein paar Sekunden später ging die Tür auf und wir blickten in das freudige Lächeln unserer Gastgeber.

„Sind wir zu spät?", fragte Steffen scheinheilig, obgleich er ganz genau wusste, dass wir unfreundlich früh dran waren.

In Laras Blick erschien ein spöttisches Grinsen. Sie hatte wohl den tieferen Sinn in Steffens Bemerkung umgehend erkannt. Aber das störte sie nicht, und sie umarmte uns beide ebenso herzlich wie ihr Mann das kurz darauf tat. Ganz offensichtlich freuten sie sich, uns zu sehen. Und das beruhte auf Gegenseitigkeit.

Kaum waren wir vom Flur ins Wohnzimmer weitergegangen, klingelte es erneut.

„Jetzt geht es aber Schlag auf Schlag", merkte Lara an und machte gemeinsam mit Holger umgehend kehrt.

Mein Blick fiel auf die große Uhr neben dem Kaminofen: Sieben Minuten vor vier. Offensichtlich hatten noch mehr Gäste die Idee gehabt, früher aufzutauchen. War das Zufall oder vielleicht ein Indiz, wer hier Swinger war und wer nicht? Wer vor der Zeit kam, wollte womöglich genau wie wir die verschiedenen Begrüßungen beobachten und nahm somit an dem Wer-ist-wer-Spiel teil – gehörte also zu den Swingern. Oder war das nur mein Film? Doch warum sollte man sonst zu früh erscheinen? Wo so etwas doch eher unhöflich war. Leider bekamen wir von der Begrüßung im Flur ebenso wenig mit, wie vom Eintreffen der ersten Gäste.

Als Daniela und Florian stellten sich die beiden vor, die kurz vor uns gekommen waren. Sie waren nett und aufgeschlossen, und wir kamen leicht mit ihnen ins Gespräch, als wir uns im Wintergarten an einem Stehtischchen zu ihnen gesellten. Mit dem Paar, das unmittelbar nach uns erschienen war, wurde es etwas zäher: Annika und Marcel erweiterten unsere kleine Runde zwar, wirkten aber sehr zurückhaltend und verrieten außer ihren Namen nicht allzu viel von sich.

Die beiden waren jünger als wir, ich schätzte sie auf Anfang, höchstens Mitte 20.

Wie Swinger kamen mir die zwei nicht vor – was ich zumindest für meinen Liebsten und seine Vorliebe für Frauen mit großer Oberweite bedauerte. Diese junge, hübsche Frau mit ihren dunkelblonden Locken und den braunen Rehaugen hatte in dieser Hinsicht eine Menge zu bieten – mehr noch als unsere vollbusige Gastgeberin Lara. Unwillkürlich versuchte ich, die BH-Größe der jungen Frau an unserem Stehtisch abzuschätzen und kam auf 80D – also zwei Cupgrößen mehr, als ich selbst benötigte.

Es wunderte mich deshalb keineswegs, dass Steffen versuchte, mit ihr ins Gespräch zu kommen und sie auch immer wieder mit dezenten Blicken bedachte. Wie bei einer Swingerparty hatte mein Liebster Witterung aufgenommen. Dumm nur, dass das hier keine Swingerparty war – auch wenn wohl die Möglichkeit bestand, dass sich das im Laufe der Nacht änderte. Aber ich konnte mir kaum vorstellen, dass dieses junge Paar daran teilnehmen würde. Die Chance, dass mein Mann Hand oder noch mehr an diese schüchterne Schönheit legen konnte, stufte ich als eher gering ein.

Bei der anderen Frau an unserem Stehtisch hielt ich das eher für möglich – falls sich denn irgendwann im Laufe des Abends tatsächlich alle Normalos verabschieden würden. Aber das hatte Holger ja in Aussicht gestellt – wie auch immer er zu dieser Einschätzung kommen mochte. Vielleicht hatten alle Normalos Kinder und wegen des Babysitters nur begrenzt

Zeit? Das war natürlich reine Spekulation. Aber irgendeinen Grund musste Holger für seine Einschätzung ja haben.

Während es im Flur wieder klingelte, versuchte ich im Gespräch in dieser kleinen Sechserrunde herauszufinden, von welcher Art die Freundschaft der anderen beiden Paare mit unseren Gastgebern war.

„Wir spielen zusammen Squash", beantwortete Daniela meine Frage, woher sie Lara und Holger kannten.

Ich selbst hatte mir (in Rücksprache mit Lara) die unverfängliche Legende zugelegt, dass ich unsere Gastgeberin von einer Tagung her kannte, und wir seitdem befreundet waren. Dass wir sie tatsächlich aus einem Swingerclub kannten, konnten wir ja schließlich bei dieser unklaren Gruppensoziologie nicht einfach so ausplaudern.

Anders als Annika und Marcel mochten Daniela und Florian durchaus in diese Szene passen. Ihre offene Art, Danielas sexy Minirock, einige Blicke, mit denen Florian mich bedachte – so manches deutete darauf hin. Aber das konnte natürlich täuschen. Auch Danielas sehr kurzer Rock musste nichts heißen. Der konnte ebenso gut allein dem warmen Sommerwetter geschuldet sein. Bei der engen Bluse der vollbusigen Annika hätte man schon eher auf entsprechende Signale tippen können. Aber bei dieser schüchtern wirkenden Frau und ihrem zurückhaltenden Freund war ich mir sehr sicher, dass das eine Fehldeutung gewesen wäre.

Nach und nach füllten sich Wohnzimmer und Wintergarten. Erstaunlicherweise kamen nur wenige Gäste nach 16 Uhr. Offenbar hatte Holger einen Freundeskreis mit der Neigung zur Pünktlichkeit. Von unserem Platz im Wintergarten aus beobachteten wir jeden neuen Gast. Anscheinend waren ausschließlich Paare eingeladen. Was aber nicht weiter verwunderlich war. Die meisten Gäste waren ungefähr in einem Alter zwischen 30 und 40 Jahren – und in dieser Lebensphase neigten Menschen nun einmal dazu, sich paarweise zu organisieren. Auch Steffen und ich passten ja in dieses Schema, auch wenn ich gerade erst 30 geworden war. Nur Annika und Marcel waren ein Stück jünger – beide waren 24, wie ich während des Smalltalks bei Sekt und Orangensaft immerhin erfuhr. Woher sie unsere Gastgeber kannten, blieb allerdings schwammig. Nur, dass die beiden keine Verwandten waren, wurde rasch klar.

Als das Geburtstagskind etwas später das Kuchenbuffet eröffnete und Steffen und ich mit Kaffee und gefüllten Tellern aus der Küche zurückkehrten, hatten sich die verschiedenen Smalltalkgruppen neu sortiert. Wir setzten uns an einen runden Tisch im Garten, an dem in diesem Moment ein recht interessantes Gespräch stattfand. Leider waren wir zu spät gekommen um mitzubekommen, wer das Thema Swingen angeschnitten hatte – das hätte ein recht guter Hinweis im Wer-ist-wer-Spiel sein können. Also stellte ich meine

Kaffeetasse ab und hörte erst einmal aufmerksam zu, während ich begann, den Zitronenkuchen auf meinem Teller zu essen.

„Natürlich poppen Swinger auch mit anderen Partnern. Die halten doch nicht nur Händchen", sagte ein Mann mit einer Stoppelfrisur, der mir bisher noch nicht weiter aufgefallen war.

„Woher weißt du denn so genau, was Swinger tun?", entgegnete eine Frau, die eine leuchtend gelbe Bluse trug.

Damit hatte sie für zwei, drei Sekunden Stille gesorgt.

„Na das weiß man doch", entgegnete der angesprochene Mann achselzuckend.

„Ach so?", fragte ein anderer Mann zurück. „Ich denke ja eher, dass nur ein Swinger weiß, was Swinger so machen."

Damit löste er weitere Schweigesekunden aus, in denen jeder jeden aufmerksam beobachtete. Ich war mir sicher, dass Steffen und ich an diesem Tisch nicht das einzige Paar mit Partnertausch- und Gruppensexerfahrungen waren. Und ich hatte auch eine ganz starke Vermutung, wer hier außer uns diesem sehr besonderen Hobby nachging. Die letzte Bemerkung fand ich aber trotzdem zu kurz gedacht, obgleich sie eine Frau neben mir noch ausdrücklich bestätigte:

„Genau – wenn du weißt, was Swinger machen, dann wirst du ja wohl selbst ein Swinger sein."

„Vorsicht", entgegnete mein Liebster. „Ich weiß auch, was ein Mörder macht."

„Oder ein Kannibale", sprang ich ihm bei. „Hälst du mich jetzt für eine Kannibalin?"

Damit löste ich allgemeines Gelächter an diesem Tisch aus – und eine gewisse Erleichterung bei dem Mann mit Stoppelfrisur, der sich wohl in die Ecke gedrängt gefühlt hatte. Seine Bemerkung, dass man ja wohl wisse, was Swinger tun, hätte man durchaus als Outing werten können – wenn man das so werten wollte. Aber das war mir zu einfach. Trotzdem vermutete ich, dass der Mann und seine Frau, die während des Geplänkels nur schweigsam lächelnd neben ihm gesessen hatte, dazugehörten. Sollte ich mit meiner Vermutung recht haben, dann hatte ich außer unseren Gastgebern und uns nun zwei weitere Paare in diesem Spiel ausgemacht: Der Mann mit der Stoppelfrisur und seine Frau sowie Daniela und Florian aus unserem Begrüßungssmalltalk am Stehtisch.

Klärte sich die Runde allmählich oder war ich auf dem Holzweg? Bislang hatte ich lediglich Indizien.

Menschenkenntnis und Irrtum: Überraschungen in der Küche

Als ich erneut in die Küche ging, traf ich auf Daniela, die sich ebenfalls gerade Kuchennachschub holte. Da wir in dem Moment allein dort waren, beschloss ich, etwas deutlicher nachzuforschen.

„Schöner Rock", sagte ich mit Blick auf ihr Kleidungsstück, das manch einer vermutlich eher als breiten Gürtel denn als kurzen Rock bezeichnet hätte.

„Danke", entgegnete sie und lächelte mich ziemlich lange an. „Deine Bluse gefällt mir auch."

Ich hielt ihrem Blick stand und zwinkerte ihr schließlich zu. Sie erwiderte mein Zwinkern und wir begannen gleichzeitig zu lachen. Mehr Verständigung brauchten wir eigentlich nicht. Trotzdem sprach Daniela es aus:

„Dann hätten wir das wohl schonmal geklärt", sagte sie.

„Sieht so aus", entgegnete ich. „Hast du schon eine Idee, wer sonst noch dazugehört?"

„Ich glaube, der Mann mit der Stoppelfrisur da vorn an dem Tisch", erwiderte sie und deutete aus dem Küchenfenster auf den Tisch, den ich soeben verlassen hatte.

„Ja", nickte ich. „Auf den hatte ich auch schon getippt. Vielleicht auch das Paar daneben. Die Frau in der gelben Bluse."

„Glaubst du? Die beiden hätte ich eher als Normalos eingestuft."

Ich zuckte mit den Schultern: „Ganz sicher bin ich mir auch nicht. Auf jeden Fall denke ich, dass die beiden, die vorhin mit uns am Stehtisch waren, keine Swinger sind."

„Nein, glaube ich auch nicht", stimmte Daniela mir zu. „Da braucht man nicht viel Menschenkenntnis, um das ausschließen zu können."

Steffen und ich waren nun seit mehr als sieben Jahren Swinger, und ich hatte mit der Zeit einen recht guten Blick für die Menschen in der Szene entwickelt.

Allerdings galt das vor allem, wenn wir uns in Swingerkreisen bewegten – etwa in einem Club oder bei einer erotischen Party. Da konnte ich meist recht gut einschätzen, wer bisexuelle Neigungen hatte, welcher Mann sehr dominant war oder welche Frau gern mit meinem Mann vögeln wollte. Erst noch herauszufinden, wer überhaupt Swinger war, war hingegen etwas schwieriger. So etwas stand niemandem auf die Stirn geschrieben. Trotz aller Menschenkenntnis hatte ich in dieser Frage auch schon einmal sehr danebengelegen. Bei der schüchternen jungen Frau vom Beginn der Party war ich allerdings sehr sicher, dass sie und ihr Freund zu den Normalos gehörten. Für Swinger hatten die beiden einfach die falsche Ausstrahlung.

„Was mein Mann schon sehr bedauert hat", fuhr Daniela fort. „Florian hat eine Vorliebe für Busenfick. Da hätte diese vollbusige Schönheit sehr in sein Beuteschema gepasst."

„Da haben unsere Männer wohl etwas gemeinsam", lachte ich. „Steffen mag diese Spielart auch ziemlich gern. Und er hatte auch schon seinen Jäger-Blick auf sie geworfen."

„Aber deine Oberweite ist ja wenigstens groß genug dafür – anders als meine", stellte Daniela fest und sah mir direkt ins Dekolletee.

„Ja schon", bestätigte ich. „Aber nur grad so eben. So richtig vollbusige Frauen wie Lara oder die junge Schönheit – wie hieß sie doch noch? – sind meinem Liebsten für diese Variante schon lieber."

„Ich glaube", erwiderte Daniela und dachte einen Moment nach. „Ihr Name war Annika."

„Ja?", hörte ich unmittelbar darauf eine weibliche Stimme vom Wohnzimmer her.

Und im nächsten Moment stand Annika in der Küche, hielt ein leeres Sektglas in der Hand und sah uns mit unschuldigem Lächeln fragend an. Hoffentlich hatte sie von unserem Gespräch nicht noch mehr mitbekommen als ihren Namen.

„Ich wusste nicht mehr wie ihr heißt", sagte ich. „Es sind so viele Menschen hier, die ich nicht kenne."

„Ja", stimmte Annika mir zu. „Geht uns auch so. Mein Freund heißt Marcel."

„Gar nicht so einfach, den Überblick zu behalten", murmelte Daniela mehr zu sich selbst als zu uns.

„Eigentlich bin ich ja gar nicht so der Typ, der sich unter vielen fremden Menschen wohlfühlt", sagte Annika und fügte leicht kichernd hinzu: „Aber seit ich den dritten Prosecco getrunken habe, geht es."

„Dann sollten wir das ausbauen", entgegnete Daniela, griff zu einer offenen Sektflasche und schenkte uns allen ein.

Wir stießen zu dritt an und blickten uns in die Augen. Irgendwie spürte ich in diesem Moment eine gewisse Vertrautheit in unserer kleinen Runde. Und offenbar war ich damit nicht allein.

„Ihr macht auch mit bei diesem Wer-ist-wer-Spiel, oder?", fragte Annika plötzlich zu meiner Überraschung.

Wir waren für einen Augenblick sprachlos. Hatte sie doch etwas mehr von unserem Gespräch mitbekommen, bevor sie durch die offenstehende Tür in die Küche gekommen war?

„Ja", entgegnete Daniela sehr zögernd und belegte Annika über den Rand ihres Sektglases mit einem prüfenden Blick. „Ihr wisst von diesem Spiel?"

Annika schmunzelte und antwortete nun etwas ausführlicher auf die Frage, die ich ihr schon eine Stunde zuvor am Stehtisch gestellt hatte – nämlich woher sie die Gastgeber kannten. Sie und ihr Freund hatten Lara und Holger vor Kurzem in einem Swingerclub kennengelernt. So viel zum Thema Menschenkenntnis.

„Das war ziemlich geil", erzählte sie. „Wir waren da zwar nicht zum ersten Mal im Club, aber wir hatten zum ersten Mal richtigen Partnertausch. Und außerdem war es auch mein erster Sex mit einer anderen Frau."

Für einen Moment verstummte sie, sah uns an und wurde ein wenig rot im Gesicht. Nicht sehr stark, aber doch erkennbar. Irgendwie stand ihr das gut.

„Hast du das da für dich entdeckt?", fragte Daniela nach.

„Ach naja, was heißt entdeckt? Den Wunsch, mal eine Frau zu spüren, hatte ich schon länger. Genau genommen sind Marcel und ich deshalb überhaupt mal in einen Club gegangen. Aber die beiden ersten Male ist da nicht viel passiert. Erst bei unserem dritten Clubbesuch. Da haben wir Lara und Holger getroffen.

Lara hat einfach die richtigen Knöpfe bei mir gedrückt."

„Oh ja", bestätigte Daniela. „Das kann sie."

Ich wusste genau, was die beiden meinten. Auch ich hatte unsere Gastgeberin Lara vor ein paar Monaten als wundervolle und einfühlsame Liebhaberin kennengelernt. Sie wusste sehr genau, wie sie einer anderen Frau Freude bereiten konnte. Und auch ich hatte ihre Zärtlichkeiten mit sehr viel Lust erwidert. Wenn ich in diesem Moment daran dachte, dann konnte ich das Gefühl ihrer Haut beinahe noch spüren und den Duft ihrer Weiblichkeit wahrnehmen.

„Seid ihr beide auch bi?", fragte Annika nun ganz direkt.

„Ein bisschen bi sind doch fast alle Frauen in der Swingerszene", entgegnete ich und zauberte damit ein Strahlen in Annikas Gesicht.

„Wirklich? Meinst du?"

„Naja fast alle", schränkte Daniela ein, wobei sie das „Fast" sehr betonte.

Womit sie natürlich recht hatte. Tatsächlich waren keineswegs alle Frauen in der Szene bi. Manche von ihnen konnten nicht das Geringste mit dem eigenen Geschlecht anfangen. Aber deren Anteil war tatsächlich eher gering, wie ich immer wieder feststellen durfte. Die meisten Frauen in dieser sehr besonderen Welt mochten auch Sex mit anderen Frauen. Ich ja auch – wenngleich ich im Zweifelsfall einen Mann vorzog. Hin und wieder aber gab es Situationen, in denen ich viel Lust auf eine andere Frau hatte. Und ich sah Annika an, dass sie die Aussicht, in der Swingerszene auf viele Bi-Frauen treffen zu können, ausgesprochen erfreute. Vermutlich war ihre Neigung zum eigenen Geschlecht weit größer als meine.

„Ich muss gestehen, dass ich dich und deinen Freund nicht für Swinger gehalten hätte", sagte ich zu ihr.

„Na ein Glück", erwiderte sie. „Das wäre ja wohl auch ganz schön blöd, wenn man uns das ansehen würde."

„Stimmt", pflichtete Daniela ihr bei. „Aber so langsam lichtet sich ja das Feld in diesem Spiel."

Gemeinsam überlegten wir, wer von den anderen Paaren wohl noch dazugehörte. Wir in der Küche waren schonmal drei, dann unsere Gastgeber – also vier. Ich berichtete vom Swinger-Mörder-Kannibalen-Gespräch beim Kaffeetrinken und überlegte vorsichtig, wer da vielleicht ebenfalls in die Szene einzusortieren war. Vielleicht die Frau in der gelben Bluse, spekulierte ich.

„Ja, die Frau in der gelben Bluse und ihr Mann auf jeden Fall", sagte Annika, während wir gemeinsam aus dem Küchenfenster auf die Menschen im Garten sahen.

„Warum bist du dir da so sicher?", fragte ich.

„Weil wir die beiden neulich im Swingerclub gesehen haben."

„Wie oft seid ihr da eigentlich?", fragte Daniela.

„Im Moment so ungefähr alle zwei Wochen", entgegnete Annika ziemlich leise und lief erneut rot an. „Findet ihr das zu oft?"

„Nur, wenn ihr in ein paar Jahren noch immer diese Frequenz habt", sagte ich schmunzelnd. „Ansonsten würde ich sagen: Alles hat seine Zeit. Und wenn euch das im Moment viel Spaß macht, dann ist das jetzt für euch dran. Genießt es."

Zumindest hatten wir damit das fünfte Paar sicher ausgemacht. Und bei Weiteren spekulierten wir. Lara und Holger hatten im Vorfeld nicht verraten, wie hoch der Swingeranteil sein würde. Waren das vielleicht schon alle? Ganz wenige wären das ja nicht. Sollten sich die Normalos – wie von unseren Gastgebern in Aussicht gestellt – tatsächlich alle frühzeitig verabschieden, dann würden wir mit diesen Paaren sicherlich eine ziemlich heiße Nacht erleben können, freute sich meine Erotikfee.

Vielleicht sollten wir nun lieber eine Negativliste machen. Aber das war weit schwieriger. Als Swinger konnte man sich outen – aber als Normalo? Da blieb uns nur die Spekulation. Aber auch die machte viel Spaß, als wir die Paare draußen im Garten beobachteten und unsere Überlegungen anstellten. Dass wir dabei weiterhin Sekt tranken und unsere Männer für den Augenblick vergaßen, ergab sich von selbst.

Ich hatte keine Ahnung, ob sie uns gesehen oder durch unser gemeinsames Kichern aufmerksam geworden war. Jedenfalls blickte Gastgeberin Lara von draußen mit einem Schmunzeln durchs Küchenfenster. Auch sie hatte ein Sektglas in der Hand und prostete uns zu. Im nächsten Augenblick kam sie zu uns herein.

„Na ihr", sagte sie. „Was geht hier ab?"

„Allgemeines Swinger-Outing", entgegnete Daniela.

Lara sah uns der Reihe nach an und konnte sich ein breites Grinsen nicht verkneifen.

„Schonmal nicht schlecht", entgegnete sie. „Wir hätten gedacht, dass ihr länger braucht, um das herauszufinden. Wie seid ihr darauf gekommen?"

„Menschenkenntnis", entgegnete ich.

Lara stellte ihr Sektglas zur Seite, sah Daniela tief in die Augen, umarmte sie und gab ihr einen Kuss. Kein Küsschen, sondern, einen langen, intensiven Zungenkuss, beim dem sie sich eng an sie schmiegte und ihren Po massierte. Anschließend wiederholte sie das Gleiche mit Annika und schließlich auch mit mir. Ihr Kuss war so heftig, dass ich anschließend ein bisschen nach Luft schnappen musste.

War das von draußen zu sehen? Als wir uns zu viert nun gegenseitig anstrahlten, schielte ich auch verstohlen aus dem Fenster. Wenn in diesem Moment andere Geburtstagsgäste am Küchenfenster vorbeigegangen wären, so hätten sie vermutlich mitbekommen, was hier soeben abging. Aber schließlich war die Initiative für die Knutscherei von unserer Gastgeberin ausgegangen. Sie musste wissen, wie viel Einblicke in ihre Neigungen sie ihren Normalo-Gästen möglicherweise geben wollte. Allerdings war in diesem Augenblick niemand direkt am Fenster. Ein Spiel mit dem Feuer blieb es angesichts der gemischten Gästeschar trotzdem. Aber offensichtlich bereitete Lara so etwas keine schweren Gedanken. Oder vielleicht reizte es sie ja sogar besonders?

Kurz darauf kam Annikas Freund in die Küche. Marcel blickte in unsere kleine Runde, und wusste offenbar nicht so ganz, ob er in diesem Moment nicht vielleicht störte – was wohl daran lag, dass bei seinem Erscheinen unser Gespräch erstarb. Annika bemerkte seine Unsicherheit und schmiegte sich an ihn. Damit entspannte er sich wieder. Schön, wie harmonisch die beiden miteinander umgingen.

Ich stellte fest, dass ich ihn plötzlich mit ganz anderen Augen ansah. Vorhin am Stehtisch war ich mir sicher gewesen, dass er und seine Freundin Normalos waren. Nun aber, nach Annikas Swinger-Outing, stellte ich mir die Frage, ob ich möglicherweise Sex mit ihm haben wollte. Natürlich willst du das, flüsterte meine Erotikfee. Marcel wirkte zwar sehr jung und ein bisschen zu schüchtern für meinen Geschmack. Süß war er aber trotzdem. Falls sich diese Geburtstagsparty tatsächlich irgendwann zu einer Swingerparty entwickeln sollte, würde ich es zumindest nicht ausschließen, mit ihm zu vögeln.

Unwillkürlich stellte ich ihn mir nackt vor. Gut gebaut war er ja. Groß, sportlich und ein kantiges Gesicht. Im antiken Griechenland hätte er vermutlich gute Chancen gehabt, für die Statue eines nackten Sportlers Modell zu stehen. Ja, diesen jungen Mann zwischen meinen Beinen zu spüren, war eine prickelnde Aussicht.

Innerlich nickte ich bei diesem Gedanken. Zu meiner eigenen Überraschung stellte ich im nächsten Augenblick fest, dass ich nicht nur innerlich genickt hatte. Was ja nicht weiter schlimm gewesen wäre. Allerdings hatte Marcel mich in diesem Moment angesehen und mein Nicken sicherlich wahrgenommen. Wie würde er das wohl deuten? Ein bisschen verwirrte mich der kurze Moment. Allein schon deshalb, weil Marcel auf mein Nicken mit einem vertraulichen Lächeln geantwortet hatte. Wäre dies eine Swingerparty, wären dies sehr deutliche Signale gewesen. Ist aber keine Swingerparty, flötete die Realistin in mir. Trotzdem erwiderte ich Marcels Lächeln und spürte ein leichtes Kribbeln in der Nähe meines Bauchnabels.

Unsere Runde in der Küche löste sich auf. Annika und Marcel gingen Hand in Hand nach draußen, Daniela und ich blieben noch einen Moment zurück und sahen dem jungen Paar nach.

„Schon zwei Süße", sagte meine neue Freundin. „An diesen tollen Brüsten würde ich gern knabbern."

„Ich auch", entgegnete ich. „Und bei ihrem Freund würde ich auch nicht nein sagen, falls er mit mir mal das Haut-an-Haut-Gefühl erkunden möchte."

„Wer weiß, vielleicht wird das ja noch was heute Nacht. Schlaft ihr auch hier?"

„Wir haben es zumindest eingeplant", entgegnete ich.

Vielleicht war das ja der entscheidende Hinweis, schoss es mir durch den Kopf. Hatten Lara und Holger möglicherweise alle Swinger zum Übernachten eingeladen und die Normalos nicht? Dann wären die Chancen tatsächlich recht groß, dass die Geburtstagsfeier im Laufe der Nacht einen erotischen Anschluss bekam. Bei dem Gedanken spürte ich, wie meine Lust dazu immer größer wurde – vor allem, seit ich ahnte, wer in dieser Nacht so alles dabei sein würde.

Ob die Normalos tatsächlich irgendwann alle gehen würden, wusste ich natürlich noch immer nicht. Wie konnte man als aktives Swingerpaar nur auf die absonderliche Idee kommen, eine solche Misch-Party zu veranstalten?

Smalltalk und Flirt:
Das Bauchgefühl schwankt

Als ich kurz darauf ins Wohnzimmer zurückkam, entdeckte ich dort Steffen. Mein Mann stand neben dem großen Esszimmertisch und unterhielt sich mit einer Frau, die mir bisher noch nicht weiter aufgefallen war. Nein, stellte ich fest, sie unterhielten sich nicht. Sie flirteten.

Allein die Blicke zwischen den beiden verrieten ein süßes, sanftes Knistern. Dass die Frau einen kurzen Rock trug, in dem ihre endlos langen Beine wunderbar zur Geltung kamen, war für meinen Liebsten sicherlich ebenso reizvoll wie ihre großen Augen und ihre Oberweite. Die war zwar nicht sonderlich groß, zeichnete sich unter ihrer Bluse aber deutlich ab.

Dass die Frau offensiv mit ihm flirtete, war augenscheinlich. Allein schon, wie sie da saß. Sitzen war eigentlich gar nicht die ganz korrekte Bezeichnung für ihre Körperhaltung. Teils lehnte sie an dem schweren Esstisch, teils saß sie darauf – vermutlich mit einer bis anderthalb Pobacken. Dabei hatte sie ein Bein etwas angezogen, sodass Steffen unter ihren Rock schielen konnte. Vielleicht auch sollte. Allerdings stand er so zu ihr, dass er da weniger sehen konnte als ich in diesem Moment.

Während ich mich den beiden näherte, setzte sich die Frau nun vollends auf den Tisch. Ihr Rock war zwar nicht so atmenberaubend kurz wie der von Daniela, aber dafür relativ weit. Ein schlammfarbener Faltenrock. In dem Augenblick, in dem sie sich anders hinsetzte, hatte ich für den Bruchteil einer Sekunde einen freien Blick zwischen ihre Oberschenkel – und stutzte. Hatte ich da soeben ihre blanke Muschi gesehen? Fast hatte ich den Eindruck. Aber eigentlich hatten die Gastgeber ja ausdrücklich darum gebeten, dass niemand unten ohne erscheinen möge. Schließlich waren ja auch einige Normalos anwesend, und es sollte doch halbwegs gesittet zugehen. Also musste ich mich wohl geirrt haben.

Andererseits konnte es aber auch gut sein, dass diese Frau gar nicht zu uns gehörte. Lara und Holger hatten ja wohl nur den Swingern gegenüber diese Ansage zur Kleiderordnung gemacht. Normalo-Paare hatten die logischerweise nicht bekommen. Und eine

Frau, die unten ohne war, musste nicht zwangsläufig eine Swingerin sein. Aber dass ein fehlender Slip unter einem Minirock nun ausgerechnet ein Hinweis darauf sein sollte, dass eine Frau keine Swingerin war? Es wäre zumindest ungewöhnlich – wenn auch in diesem Fall durchaus denkbar. Andererseits flirtete sie recht offen mit meinem Mann – was aber auch nicht zwangsläufig bedeuten musste, dass sie auf die Swinger-Liste gehörte, die ich mir inzwischen im Kopf machte. Trotzdem setzte ich sie nun tendenziell auf diese Liste – mit einer gewissen Unsicherheit. Mit 70 Prozent Wahrscheinlichkeit Swinger, beschloss ich nach Rücksprache mit meinem Bauchgefühl. Auch wenn ich bei Annika und Marcel mit meiner Menschenkenntnis ja soeben baden gegangen war. Also bitte Vorsicht, wie die Mahnerin in mir anmerkte.

Ich war mir allerdings fast sicher, dass ich da soeben tatsächlich einen kurzen Blick auf ihre blanke Muschi erhascht hatte. Falls die Frau doch einen Slip tragen sollte, dann konnte das allenfalls ein hautfarbener, winziger Hauch von einem Nichts sein. Naja, okay – viel mehr war das unter meinem Rock heute auch nicht.

Komisch eigentlich, dass unsere Gastgeber ausdrücklich darum gebeten hatten, auf unten-ohne zu verzichten. Bei der Gäste-Mischung hätte ich vermutlich eher darum gebeten, eindeutig-zweideutige Bemerkungen in den Gesprächen zu vermeiden – und einfach darauf vertraut, dass jeder die Kleiderfrage für sich selbst einschätzen konnte. Aber aus irgendeinem Grund war ihnen die Sache mit dem Slip offenbar wichtig. Vielleicht waren sie in diesem Zusammenhang schon einmal in eine peinliche Situation geraten. Wer wusste das schon. Jedenfalls hatte ich mich an die Vorgabe gehalten und ganz brav einen Slip angezogen – selbst wenn der aus nicht allzu viel Stoff bestand. Aber auch ohne die ausdrückliche Bitte der Gastgeber hätte ich sicherlich etwas angezogen unter meinem kurzen Rock. Unten ohne konnte zwar prickelnd sein, aber so etwas machte ich dennoch eher selten. Dafür trug ich viel zu gern sexy Dessous.

Mein Mann hätte diese schöne Frau vermutlich am liebsten komplett auf den Tisch gedrückt und im Stehen vernascht. Wäre dies hier eine Swingerparty, dann hätte er vermutlich auch gute Chancen gehabt, genau dies zu tun. Ihre Blicke auf ihn wirkten wie eine Einladung. Und unter anderen Bedingungen hätte Steffen diese Einladung sicherlich angenommen.

„Schöner Rock", sagte ich zu der Fremden und stellte mich zu meinem Liebsten.

„Danke", entgegnete sie und sah mich an. „Deiner aber auch. Satin?"

„Ja, Stretch-Satin", bestätigte ich.

Für ein paar ziemlich lange Sekunden schwiegen wir uns an und musterten uns gegenseitig.

„Na, ich werde mal schauen, was mein Mann treibt", sagte die Fremde schließlich und ging mit einem neutralen Lächeln in Richtung Terrassentür davon.

Ups, was war das denn? Hatte ich sie etwa vergrault? Oder war es ihr ein wenig peinlich, dass die

Frau des Mannes dazugekommen war, mit dem sie soeben geflirtet hatte? Falls dem so wäre, dann hätte das für die Normalo-Liste gesprochen. Vielleicht doch keine 70, sondern eher so 30 bis 40 Prozent? Mein Bauchgefühl äußerte sich erst einmal nicht weiter zu der Frage.

Vermutlich hatte die Fremde einfach nur Lust, mit meinem Mann zu flirten. Was ich ja auch verstehen konnte. Steffen war zwar kein Riese, aber mit 1,86 Meter auch nicht ganz klein. Ich hatte schon mehrfach erlebt, dass große Frauen wie diese hier ein Auge auf ihn warfen. Außerdem war mein Liebster recht sportlich und meist ziemlich charmant. Vor allem, wenn er eine mögliche Beute ausgemacht hatte.

Hör auf, alles durch eine erotische Brille zu betrachten und mögliche Partner zu verteilen, maulte die Realistin in mir. Das hier ist keine Swingerparty! Könnte es aber im Laufe der Nacht werden, flötete meine Erotikfee. Ja, könnte. Vielleicht …

„Nette Frau", sagte ich an Steffen gewandt.

„Und eine Süße dazu", entgegnete er.

„Wie heißt sie?"

„Äh warte, sie hat mir ihren Namen genannt."

„Das dachte ich mir", sagte ich und sah ihn erwartungsvoll an.

Steffen dachte einen Moment angestrengt nach. Komisch, dass er sich immer so schwer mit Namen tat. Für weibliche Oberweiten oder schöne Beine hatte er ein weit besseres Gedächtnis. Wenn man ihn darauf ansprach, hätte er die Brüste einer Frau perfekt beschreiben können, mit der er drei Jahre zuvor gevögelt hatte. Nur an ihren Namen hätte er sich höchstwahrscheinlich nicht erinnern können.

„Bea", sagte er schließlich. „Ich glaube die große Schwarzhaarige heißt Bea."

„Sie trägt keinen Slip unter ihrem Faltenrock."

„Ernsthaft? Ist mir gar nicht aufgefallen."

„Sowas fällt dir doch sonst auf", stichelte ich.

„Muss ich wohl mal genauer hinschauen", erwiderte er, während sein Blick den lustvollen Swinger-Jäger-Ausdruck annahm.

„Freu dich nicht zu früh", sagte ich und teilte ihm meine Überlegungen mit.

„Ist doch noch gar nicht Weihnachten", entgegnete Steffen grinsend.

„Weihnachten? Wieso Weihnachten?"

„Weihnachten gibt's Spekulatius. Und du spekulierst hier mitten im Sommer ganz schön wild rum."

„Naja, wir haben doch schließlich die Aufgabe bekommen, die anderen Swinger ausfindig zu machen. Und ich habe eben mein Zweifel, ob diese langbeinige Schönheit dazugehört."

„Wäre schon schade", sagte Steffen und schaute aus dem Wohnzimmerfenster, wo er gerade noch einen Blick auf sie erhaschen konnte. „Ich glaube, bei der hätte ich Chancen."

„Mit Sicherheit hättest du die", bestätigte ich und fügte in Gedanken hinzu: Womöglich auch, wenn sie zu den Normalos gehört.

Der Blick, mit dem sie meinen Mann angeschaut hatte, dazu ihre laszive Körperhaltung – das sprach Bände.

„Nichts Genaues weiß man also nicht", überlegte Steffen und sein Blick wurde leicht nachdenklich.

„Nein, jedenfalls nicht in Bezug auf deine Flirtpartnerin von eben. Bei der jungen Vollbusigen vorhin vom Stehtisch sieht das anders aus."

„Das heißt?"

„Das heißt, dass Annika und ihr Freund Marcel Clubbekannte unserer Gastgeber sind."

„Sicher?"

„Ganz sicher", sagte ich und erzählte ihm, was ich in der Küche erfahren hatte.

Steffens Blick hellte sich freudig auf.

Wir gingen wieder in den Garten hinaus, wo es inzwischen erfreulicherweise etwas kühler geworden war. Die Sonne stand jetzt deutlich tiefer, und die Bäume am Rand des Grundstücks warfen Schatten auf den Rasen und die kleinen Sitzgruppen. Steffen hielt dezent Ausschau nach Bea und entdeckte sie in einer kleinen Personengruppe unter einem Kirschbaum. Vermutlich hätte er jetzt am liebsten durch ihren Rock hindurchgeschaut, um meine Behauptung über ihren Slip zu überprüfen. Was ihm aber nicht gelang. Auch Beas Körperhaltung ließ – anders als zuvor im Wohnzimmer – keine Möglichkeit zu, das festzustellen. So gesellten wir uns zu einer anderen

Gruppe und übten uns in belanglosem Smalltalk. Hier sprach keiner das Thema Swingen an.

Alles Normalos? Oder alles schon geklärt? Letzteres vermutlich nicht. Mit fiel auf, dass hier kaum jemand die anderen Gäste oder auch nur einige von ihnen kannte – abgesehen von Lara und Holger natürlich. Wir waren nicht zum ersten Mal auf einer Party, auf der wir ausschließlich die Gastgeber kannten. Aber dass das anscheinend auf alle Gäste zutraf, war doch recht ungewöhnlich. Hatten Lara und Holger keinen Freundeskreis, sondern ausschließlich Einzelfreunde? Oder hatte dies etwas für das Wer-ist-wer-Spiel zu sagen?

Wir entdeckten Daniela und ihren Mann Florian, die etwas abseits standen und offensichtlich ebenfalls Überlegungen über die anderen Gäste anstellten. Als sie uns sahen, lächelte Daniela und prostete uns zu. Sie hielt nun kein Sektglas in der Hand, wie vorhin in der Küche, sondern ein Weinglas mit einem augenscheinlich kalten Rosé darin.

„Na, neue Erkenntnisse?", fragte sie, als wir uns zu ihnen gesellt hatten.

„Nicht wirklich. Ihr?", entgegnete ich.

„Auch nicht. Bei den meisten spekulieren wir nur."

„Nur bei der langbeinigen Frau im Faltenrock da vorn tippe ich inzwischen auf Normalo."

„Wie kommst du darauf?"

„Sie ist unten ohne", entgegnete Steffen.

Das brachte ihm verständlicherweise erstaunte Blicke ein. Ich teilte meine Überlegungen mit, stieß damit aber nur auf begrenzte Zustimmung.

„Na ich weiß nicht", sagte Daniela. „Es kann doch auch sein, dass sie die Kleideransage ganz einfach missachtet hat. Ansonsten finde ich schon, dass sie gut ins Swinger-Schema passt."

„Es gibt ein Schema für Swinger?", fragte Steffen.

Mit der Bemerkung löste er ein spöttisches Grinsen bei uns allen aus.

Daniela hatte ihrem Mann vermutlich ebenso von der Begegnung in der Küche erzählt, wie ich Steffen darüber berichtet hatte. Zumindest wir vier wussten also voneinander, dass wir Swinger waren. Und ich hatte den Eindruck, dass Florian mich jetzt noch ganz anders ansah als zu Beginn der Party am Stehtisch. Da waren seine Blicke zwar auch schon freundlich und zugewandt gewesen, aber jetzt funkelte Interesse in seinen Augen. Es war der Blick eines Swingers, der eine geeignete Kandidatin für den Partnertausch ins Auge fasste. Jedenfalls vermutete ich das – und insgeheim hoffte ich das auch. Unwillkürlich streckte ich meine Brust ein wenig heraus – obgleich ich mich nicht groß anstrengen musste, um an dieser Stelle mehr bieten zu können als seine Frau. Aber es machte mir Spaß, seine Blicke in meinem relativ offenherzigen Dekolletee zu spüren. Ob ich von diesem Mann heute wohl noch mehr spüren würde als seine Blicke?

Ebenso wie ich das kurz zuvor in der Küche bei Annikas Freund Marcel wahrgenommen hatte, spürte ich jetzt auch ein leichtes Prickeln beim Blickkontakt mit Florian. Mit beiden Männern konnte ich mir eine erotische Fortsetzung des Abends vorstellen – auch gern mit beiden gemeinsam. Doch würde es dazu auch Gelegenheit geben?

Auf jeden Fall schien das Geburtstagskind Holger sehr viel Spaß daran zu haben, die Swinger beim Stochern im Nebel zu beobachten. Jedes Mal, wenn ich ihn sah, lag ein verschmitztes Grinsen in seinem Blick. Jedenfalls immer dann, wenn er nicht gerade dabei war, seine Gäste zu fotografieren.

„Na sag schon", versuchte Steffen es ganz direkt, als sich unser Gastgeber für ein paar Minuten zu uns gesellte. „Wer sind die anderen Swinger?"

„Wer weiß, wer weiß …", entgegnete Holger. „Auf jeden Fall schonmal nicht schlecht, dass ihr vier euch gefunden habt."

Mit diesen Worten ließ er uns stehen und wandte sich anderen Gästen zu.

Das Universum und die Salatschüssel: Unten ohne unterwegs

Der Nachmittag ging fließend in den Abend über, irgendwann klingelte der Partyservice, und Lara organisierte den Austausch des Kuchenbuffets in der Küche gegen das Abendessen. Wir fanden uns irgendwann zwar nicht am selben Stehtisch wie zu Beginn des Nachmittags wieder, aber doch in derselben Konstellation – nun allerdings mit dem Wissen, dass unsere kleine Sechser-Runde ausschließlich aus Swingern bestand. Bei Geflügelsalat, französischem Weichkäse und krossem Baguette tauschten wir tiefe Blicke aus, hielten uns mit eindeutigen Anspielungen aber zurück. Lediglich über dieses und jenes Paar spekulierten wir nun gemeinsam, wenn wir halbwegs sicher waren, dass uns sonst niemand zuhörte. Zugleich hatte ich auch das Gefühl, dass andere Paare über uns sprachen. Möglicherweise wirkten wir sechs für die anderen Gäste wie eine kleine Clique, die sich schon länger kannte.

Irgendwann allerdings verstummten sämtliche Gespräche, als ein sanftes, aber deutliches Geräusch zu vernehmen war, das von einem Weinglas und einem Löffel erzeugt wurde. Holger stand am Eingang zum Wintergarten und wollte offensichtlich jene Rede halten, die eigentlich schon am Nachmittag dran gewesen wäre. Aber vielleicht hatte er abwarten wollen, bis alle Gäste einen gewissen Alkoholpegel hatten und somit bester Stimmung waren. Sein ausgesprochen fröhlicher Gesichtsausdruck verriet, dass das bei ihm zumindest der Fall war.

„Kommt mal alle mit ins Wohnzimmer", sagte er und löste damit ein leichtes Erstaunen aus.

Schließlich waren in diesem Moment alle Gäste im Garten und genossen die milde Luft des Sommerabends hier draußen.

Aber natürlich widersprach niemand, und alle gingen nach drinnen. Mit 32 Personen war das große Wohnzimmer ziemlich gut gefüllt. Steffen und ich ergatterten keinen Sitzplatz mehr und blieben neben der Terrassentür stehen, die Lara soeben verschlossen hatte.

„Lass sie doch offen", sagte ich zu ihr. „Sonst wird es hier vielleicht ein bisschen warm."

„Nein, lieber nicht", entgegnete sie lächelnd. „Die Nachbarn sind zwar ein Stück weg, aber man weiß ja nie, ob da nicht jemand lauscht."

Jemand lauscht? Ja und? Wollte Holger denn so etwas Geheimnisvolles sagen? Jetzt war ich wirklich gespannt auf seine Rede.

„Keine Sorge", setzte unser Gastgeber an. „Ich werde jetzt keine lange Rede halten. Aber ich denke, es Zeit, eine Sache aufzuklären."

Eine Sache aufzuklären? Was wurde das denn?

„Wir haben vor der Party ja ein paar Mails mit euch allen gewechselt, und einige von euch fanden den Inhalt vermutlich seltsam. Was ich verstehen kann", fuhr er fort.

Ich verstand noch immer nicht und schielte dezent in die Runde. Alle Anwesenden blickten den Gastgeber ebenso gespannt an, wie ich das tat. Wollte er jetzt etwa im Beisein aller Gäste das Geheimnis um die Swingerpaare lüften? Während die Normalos noch da waren? Oder war bereits jemand gegangen und es waren nur noch Singer anwesend? Nein, ich hatte stark den Eindruck, dass noch immer sämtliche Gäste anwesend waren.

„Natürlich habt ihr recht, wenn ihr das kleine Spiel, das wir heute mit euch gespielt haben, für heikel haltet. Und offen gestanden: wir auch. Deshalb hat es auch gar nicht so stattgefunden, wie ihr alle geglaubt habt. Ihr alle hier heute Abend habt eine Gemeinsamkeit: Wir kennen euch von diversen Swinger-Abenteuern, die wir in den vergangenen Jahren erlebt haben. Die Geschichte von den Swingern und Normalos war ein Scherz, den wir uns erlaubt haben."

„Den *du* dir erlaubt hast", warf Lara ein.

„Stimmt", gab Holger zu, und sein Grinsen wurde immer breiter. „Ich hoffe, ihr nehmt mir den kleinen Spaß nicht übel."

Es entstand ein leichtes Gemurmel, das zunehmend in ein verhaltenes und schließlich in ein deutliches, schallendes Gelächter überging. Steffen und ich schauten uns verblüfft an. Ein bisschen kam ich mir durch diese überraschende Wende ja veralbert vor. Lustig war es natürlich dennoch.

„Aber das heißt ja ...", setzte mein Liebster mit einem sehr eindeutigen Funkeln in den Augen an.

„Ja", unterbrach ich ihn. „Genau das heißt es wohl."

Diese Geburtstagsparty konnte nun tatsächlich zu einer Swingerparty werden – ohne dass dafür irgendjemand erst gehen musste. Aber war das so einfach möglich? Konnte man nach mehreren Stunden Smalltalk und einander abschätzen nun einfach einen Schalter umlegen und zum Gruppensex übergehen? Nein, natürlich ging das nicht. Jedenfalls nicht so ohne Weiteres. Aber auch dafür hatten sich Lara und Holger (vermutlich Holger) etwas ausgedacht.

Als das Gelächter über die überraschende Wendung des Abends verklungen war, begann Holger erneut:

„Wie ich sehe, seid ihr trotzdem guter Stimmung. Oder vielleicht gerade deshalb? Ich hoffe, ihr habt das kleine Spiel trotz allem genießen können und habt Lust, noch ein anderes Spiel zu spielen."

Er machte eine kurze Pause, blickte in die Runde und erwartete wohl die ein oder andere Reaktion. Die aber ausblieb. Alle waren gespannt, was er nun zu sagen hatte.

„Kein Widerspruch? Dann möchte ich alle Männer bitten, für ein paar Minuten mit mir in den Wintergarten zu gehen. Nur die Männer."

Erneut wechselten Steffen und ich fragende Blicke, die ich auch in anderen Gesichtern erkannte. Aber niemand widersprach, und alle Männer verließen das Haus. Anschließend ließ Lara auch noch sämtliche Außenjalousien herunter. Offenbar sollten die Männer nicht mitbekommen, was nun im Wohnzimmer passieren würde. Aber was würde hier denn passieren?

„Eins vorweg", sagte Lara, als nur noch Frauen im Raum waren: „Holger hat sich dieses Spiel gewünscht, und ich glaube auch, dass es ganz prickelnd werden kann. Aber natürlich soll sich niemand genötigt fühlen mitzumachen. Es ist völlig in Ordnung, wenn einige von euch das nicht möchten."

„Was wollt ihr denn spielen?", fragte jemand.

„Wir machen eine Verlosung."

„Und was wird verlost?", fragte jemand anders aus der Runde.

„Wir werden verlost", entgegnete Lara. „Oder genauer gesagt: unsere Slips – und damit dann auch wir."

„Unsere Slips?"

„Wir ziehen alle unsere Slips aus, legen sie in eine Schüssel und die Männer dürfen dann jeder ein Teil aus dieser Schüssel ziehen", erklärte Lara.

Das also war die tatsächliche Erklärung für die seltsame Bitte, an diesem Tag nicht unten ohne zu erscheinen. Lara und Holger hatten ihre Party gut geplant.

„Und dann?", fragte jemand.

„Dann dürft ihr euch eure Slips zurückholen. Könnte allerdings sein, dass der betreffende Mann dafür eine Gegenleistung verlangt."

„Was denn für eine Gegenleistung?", fragte eine der Frauen.

„Na rate mal", entgegnete jemand anders.

„Ach so", erwiderte die erste, die offenbar wirklich nicht sofort verstanden hatte.

Eigentlich mochte ich solche Beine-breit-für-jeden-Partys nicht sonderlich. Denn genau darauf lief es jetzt hinaus. Niemand konnte wissen, wer da später auf einen zukam. Nichts gegen Gruppensex, auch nichts gegen wildes Durcheinander mit verschiedenen Partnern (oder auch Partnerinnen). Aber ich mochte es doch mehr, wenn ich meine Lover durch Blicke und Flirten fand und nicht durch eine Lotterie. Das war anonymer Sex und nach meinem Empfinden irgendwie merkwürdig. Bei so etwas konnte man auch ganz schön Pech haben.

Andererseits gab es unter den männlichen Geburtstagsgästen zumindest niemanden, bei dem meine Erotikfee den Dienst verweigert müsste. Natürlich hatte ich nicht mit allen gesprochen – geschweige denn geflirtet. So ganz genau konnte ich also nicht wissen, ob nicht vielleicht auch der ein oder andere Dummdödel dabei war. Aber zumindest war mir bisher keiner als unangenehm aufgefallen. Und optisch waren sie alle zumindest halbwegs okay – was für so eine Party schonmal nicht schlecht war.

Einige der Herren waren auch deutlich mehr als nur okay. Vielleicht hatte ich bei der Verlosung ja auch das Glück, einen aus dieser Kategorie zu erwischen – Annikas Freund Marcel zum Beispiel oder Danielas Mann Florian. Wenn einer von denen meinen Slip ziehen würde, dann wäre ich für die Rückgabe gern zu einer kleinen Gegenleistung bereit. Auch zu einer größeren. Aber mit den beiden hatte ich mich ja auch schon länger unterhalten an diesem Tag. Ich wusste, dass sie nicht nur attraktiv, sondern auch nett waren. Nett im absolut positiven Sinn. Was mir beim Swingen durchaus wichtig war.

Und wenn ich nun irgendwen erwischen würde, mit dem ich nichts anfangen konnte?

Den Gedanken schob ich beiseite. Auf jeden Fall wollte ich keine Spielverderberin sein. Das Geburtstagskind hatte sich dieses Spiel gewünscht; ich beschloss, dass ich mitspielen würde.

„Und was mache ich?", murmelte die langbeinige Bea, die etwas ratlos auf die große Schale blickte, die unsere Gastgeberin nun auf den Tisch gestellt hatte.

„Was meinst du?", fragte Lara.

„Das meine ich", entgegnete sie und lupfte für einen Augenblick ihren Faltenrock, womit sie uns den Blick auf ihre blanke Muschi freigab.

„Hast du etwa die Bitte-nicht-unten-ohne-Ansage missachtet?", konnte ich mir nicht verkneifen, sie zu fragen.

Als Bea am Nachmittag mit Steffen geflirtet hatte, hatte ich es ja bereits stark vermutet. Jetzt war ich keineswegs überrascht, dass Bea tatsächlich den ganzen Tag schon ohne Slip unterwegs gewesen war.

„Tja", entgegnete Lara. „Wenn du trotzdem mitspielen möchtest, dann musst du wohl auf den Mann warten, der am Ende ins Leere greift."

„Natürlich möchte ich mitspielen!", sagte sie verblüfft. „Was für eine Frage!"

Als die ersten Frauen ihre Slips auszogen und in die Schüssel legten, in der Lara zu anderen Gelegenheiten vermutlich Salat anmischte, zog auch ich meinen String aus. Dass alle Frauen Kleider oder zumindest Röcke trugen, erleichterte die Sache natürlich. Bei dem warmen Sommerwetter war das vermutlich auch von unseren Gastgebern erwartet worden.

„Unten ohne unter dem Minirock?", flüsterte Annika mir zu und zog die Stirn kraus. „Ich weiß nicht so recht. Mein Rock ist nicht grad besonders lang."

„Meiner ist kürzer", entgegnete ich.

In diesem Moment fiel Daniela in unseren Blick. Sie zog ganz ungeniert ihren Slip unter dem extrem kurzen Mini hervor. Annika und ich sahen uns an und mussten lachen.

„Ich würde mal vermuten", sagte ich, „Danielas und mein Rock zusammen sind nicht so lang wie deiner allein. Außerdem habe ich die starke Vermutung, dass du deinen Rock heute ohnehin nicht mehr allzu lange tragen wirst."

Annika blickte noch einen Augenblick zwischen Daniela und mir hin und her – und zog schließlich doch ihren türkisfarbenen Slip aus, um ihn achselzuckend zu den anderen Unterteilen zu legen. Natürlich wollte auch sie sich nicht ausschließen bei diesem erotischen Partyspiel. Unter einem verhaltenen Kichern füllte sich Laras Schüssel und es entstand ein recht bunter Mix darin. Bei den schwarzen, roten, pinkfarbenen und einem türkisen Höschen kam mir der weiße String regelrecht langweilig vor, den ich in die Schüssel legte. Allerdings war ich mit dieser farblosen Farbe auch nicht allein.

„Es stehen überall im Haus diese kleinen Kästchen", sagte Lara und hielt eine kleine, braune Schachtel in die Luft. „Und der Inhalt ist auch überall der Gleiche."

Während sie das sagte, hob sie den Deckel ab und präsentierte uns den Inhalt: Kondome. Viele Kondome der gleichen reißfesten Marke, die auch wir bevorzugten. Unsere Gastgeber hatten wirklich an alles gedacht.

„Ich möchte euch nur bitten, dass ihr die Verpackungen und die benutzten Gummis in die Abfalleimer entsorgt und nicht irgendwo herumliegen lasst, wo wir sie morgen beim Aufräumen möglicherweise übersehen könnten. Vor allem in den beiden Kinderzimmern wäre das ziemlich blöd."

Ach ja, Lara und Holger hatten ja zwei Kinder, fiel mir ein. Die hatten sie auch während unseres Besuchs hier im Winter zur Oma wegorganisiert – ebenso wie vermutlich auch heute.

Ein bisschen süß fand ich es ja, wie Lara uns die Spielregeln und technischen Hinweise mit auf den Weg gab. Sie erläuterte uns den nun offensichtlich bevorstehenden Gruppensex-Abend mit einer nüchternen Sachlichkeit, mit der man auch Kochrezepte hätte erläutern können. Ein bisschen widersprüchlich zu dem, was hier bald stattfinden sollte, war das nach meinem Empfinden ja. Aber vermutlich ließ sich so etwas bei einer privaten Party nicht ganz vermeiden. Als Gastgeber hatte man doch noch einen anderen Blick auf die Dinge – wie ich selbst nur zu gut wusste.

Auch in unserer Wohnung hatten wir zu gewissen Gelegenheiten schon in allen Räumen Schälchen mit Kondomen verteilt. Und auch ich hatte es schon erlebt, dass ich Tage später noch Überreste einer wilden Nacht in irgendwelchen Ecken entdeckte. So eine

Sexparty im privaten Umfeld war doch etwas anders als in einem Swingerclub.

„Sie denn alle Räume freigegeben?", fragte ich.

„Ja klar", entgegnete Lara. „Das ganze Haus steht zur Verfügung. Nur bitte keine neckischen Spiele im Garten. Der ist für unsere Nachbarn zwar nicht besonders gut einsehbar, aber auch nicht völlig blick- und schon gar nicht geräuschdicht. Aber im Haus dürft ihr euch überall nach Herzenslust austoben. Gern auch auf dem Dachboden, den wir mit mehreren Schaumstoffmatratzen ausgelegt haben. Da können nachher auch diejenigen schlafen, die hier übernachten wollen."

„Das ist dann also die große Spielwiese", kicherte jemand.

„Wo immer ihr wollt, was immer ihr wollt", schmunzelte Lara, deren Blick nun immer weicher wurde.

Ihre Sachlichkeit begann zu verschwimmen und machte Platz für eine zunehmende Lüsternheit, die sich auf ihrem Gesicht deutlich abzeichnete. Kein Zweifel: Ihr Mann hatte sich dieses Spiel zwar gewünscht, aber auch Lara war mit Herz und Seele dabei.

Kurz darauf kam Holger mit den Männern wieder herein. An den Gesichtern konnte ich ablesen, dass ihnen das bevorstehende Spiel ebenfalls erklärt worden war. Ganz automatisch musterte ich jeden der Herren und unterzog ihn einem Drei-Sekunden-

Check. Keiner fiel komplett durch, und ich fragte mich, wer wohl meinen Slip aus der Salatschüssel ziehen würde. Das war natürlich eine völlig sinnlose Spekulation. Kribbelig machte sie mich dennoch.

„Wir hatten uns das so gedacht", sagte nun unser Gastgeber: „Jeder, der einen Slip gezogen hat, darf sich einen Raum suchen und die Besitzerin dort erwarten. Und damit es ein bisschen spannender für die Damen wird, gehen die nun während der Verlosung in den Wintergarten."

„Dann weiß ich ja gar nicht, wer meinen Slip hat", rief jemand.

„Ganz genau. Du musst deinen Slip schon suchen und schauen, welcher Mann ihn in der Hand hält."

Erneut entstand Gekicher. Holger hatte sich das alles gut ausgedacht.

„Und wenn jemand den Slip seiner eigenen Frau zieht?", fragte einer der Männer.

„Dann viel Spaß mit deiner Frau", erwiderte Holger. „Aber wenn du eine andere Partnerin vorziehst: Du wirst ja wohl wissen, welcher Slip deiner Liebsten gehört."

Steffen sah mich mit großen Augen fragend an.

„Weiß", flüsterte ich ihm ins Ohr. „Weiß und sehr dünn – ein hauchdünner String."

Über das Gesicht meines manchmal erstaunlich vergesslichen Mannes huschte ein Lächeln. Bei dem bunten Angebot im Lostopf würde er es ihm nun leicht fallen, meinen Slip zu vermeiden. Ich wusste ganz genau, dass er den nicht ziehen wollte. Und wenn ich ehrlich zu mir selbst war: Das hätte auch ich ziemlich unspannend gefunden. Ich ertappte mich dabei, wie ich mich immer mehr auf diese erotische Lotterie einließ.

„Weißt du, was für einen Slip Annika anhatte?", fragte mich Steffen ganz leise.

„Ja", entgegnete ich ganz ruhig und in der gleichen Tonlage: „Das weiß ich."

„Und?", setzte er nach drei Sekunden nach.

„Sag ich nicht", entgegnete die Teufelin in mir. „Sonst verpasst du doch die Überraschung, wer sich bei dir den Slip abholen möchte."

Ganz glücklich war Steffen damit nicht. Ich wusste genau, dass er zu gern die schöne, vollbusige Annika gezogen hätte. Die Chance bestand ja. Aber bei so einem Spiel sollte man den Ausgang dann auch tatsächlich dem Universum überlassen. Oder der Salatschüssel.

Alle Frauen gingen hinaus in den Wintergarten. Ich spürte die Blicke der Männer, die sich an meinen Rücken und mit Sicherheit an die Hinterteile aller Frauen hefteten. Unwillkürlich bewegte ich meinen Po etwas mehr als nötig. Nicht viel mehr, aber für männliche Augen sicherlich wahrnehmbar. Das Gefühl, unten ohne zu sein, erregte mich zusätzlich.

„Wie lange werden sie wohl brauchen?", fragte jemand, nachdem Lara die Tür zum Wohnzimmer geschlossen hatte.

„Wer weiß", entgegnete unsere Gastgeberin.

Nur ein paar Sekunden später war von drinnen ein deutliches Johlen zu hören. Die Verlosung hatte offenbar begonnen. Es folgte ein Augenblick der Stille und anschließend erneut lautes Gelächter. Offenbar wurde jeder Slip, der aus der Lostopf gezogen wurde, mit allgemeinem Beifall bedacht. Irgendwie fand ich den Gedanken ganz schön, dass Steffen auf die Weise mitbekommen würde, wer meinen Slip aus Topf fischte – wenn er ihn denn erkannte. Es gab ja mehrere weiße Slips. Aber das hoffte ich nach meiner Ansage ja nun doch. Auch wenn ich nicht so recht hätte sagen können, wie ich diese Hoffnung begründen sollte.

Bei uns im Wintergarten wurde es sehr still. Die anfänglichen Gespräche verstummten rasch, und wir alle lauschten nur noch. Einerseits fand ich es schade, dass wir bei der eigentlichen Verlosung nicht dabei waren, andererseits hatte Holger natürlich recht: Es war auf die Weise noch etwas spannender. Zumindest konnten wir akustisch dabei sein. Immer wieder ging ich in Gedanken die Gästeschar durch. Ob einer der Männer meinen Slip nun wohl schon in Händen hielt? Und vielleicht daran schnupperte? Ich wusste, dass manche Männer das gern machten und empfand es als Kompliment, wenn mein Duft jemanden erregte.

Gut, dass Lara und Holger ausschließlich attraktive Gäste eingeladen hatten. Was ja auch nicht verwunderlich war. Es waren schließlich alles Swingerfreunde von ihnen. Und die beiden waren ebenso wählerisch wie auch Steffen und ich. Ganz schlimm konnte es also gar nicht kommen, wie die Realistin in mir feststellte. Herzklopfen verspürte ich dennoch.

Ich hatte zwar nicht mitgezählt, wie oft Beifall aufgebrandet war, aber irgendwann hatten wohl alle Slips die Schüssel verlassen. Jedenfalls wurde es drinnen still. Vorsichtig öffnete Lara die Tür zum Wohnzimmer, schielte hinein und drehte sich dann wieder zu uns:

„Mädels", sagte sie. „Es ist so weit."

Sie öffnete die Tür ganz und wir folgten ihr ins Haus. Drinnen war jetzt kaum noch jemand zu sehen. Nur Gastgeber Holger und ein weiterer Mann saßen im Sofa und betrachteten unser Eintreten. Beide hatten einen Damenslip neben sich liegen und waren offensichtlich gespannt auf die jeweilige Besitzerin. Ein kurzer Blick auf den schwarzen und den roten Slip sagte mir, dass ich hier nicht gefragt war.

„Ihr habt es gut", murmelte Bea. „Ihr könnt nach einem Slip suchen. Ich muss nach einem Nicht-Slip Ausschau halten."

„Wirst du mit Sicherheit auch finden", entgegnete ich aufmunternd.

„Darauf kannst du wetten", bestätigte sie und ging mit dem Blick der Jägerin in Richtung Treppe davon, die vom Wohnzimmer aus ins Obergeschoss führte.

Der Pulk der Frauen löste sich auf. Einige gingen zielstrebig nach oben, um dort nach ihrer Unterwäsche zu fahnden. Annika und ich streiften noch etwas durchs Erdgeschoss. Aber natürlich wartete weder im

Gäste-WC noch in der Küche ein Mann auf uns. Auf dem Türgriff zu Laras Arbeitszimmer allerdings hing ein weißer Damenslip.

„Deiner?", fragte Annika, die mitbekommen hatte, was ich zu Beginn des Spiels ausgezogen hatte.

„Nein, nicht meiner", stellte ich fest.

Im nächsten Moment kam eine weitere Frau zu uns und betrachtete den Stoff auf dem Türgriff. Beinahe verlegen sah sie uns an, bevor sie den Slip an sich nahm.

„Eigentlich könnte ich ihn ja jetzt wieder anziehen", sagt sie schmunzelnd. „Es hat niemand eine Gegenleistung verlangt."

„Damit würdest du aber irgendjemanden enttäuschen", entgegnete ich.

„Da hast du vermutlich recht", stimmte sie mir zu und öffnete die Tür.

Ich versuchte, einen Blick nach drinnen zu erhaschen. Instinktiv hielt ich Ausschau, ob ich vielleicht meinen Mann entdecken konnte. Doch der Raum war noch stärker abgedunkelt als das ganze Haus. Ich konnte nicht erkennen, wer auf die Frau wartete. Aber es hätte mich auch sehr gewundert, wenn ich Steffen entdeckt hätte. Schließlich hatte hier jemand einen weißen Slip gezogen. Und da mein Mann wusste, dass auch mein Slip weiß war, wäre er dieses Risiko wohl nicht eingegangen – ungeachtet der Tatsache, dass dieses Höschen hier einen ganz anderen Schnitt hatte als meins. Aber ob Steffen das wirklich bewusst war?

Annika und ich kehrten zurück ins Wohnzimmer. Holger und der andere Mann saßen noch immer im Sofa, nun aber nicht mehr allein. Neben unserem Gastgeber saß eine dunkelblonde Frau mit ausgeprägten weiblichen Formen und knutsche mit ihm. Auch der andere Mann hatte Gesellschaft bekommen. Auf seinem Schoß saß eine Frau, unter deren Rock seine Hände ihren Po massierten. Auch die beiden tauschten Küsse aus, wenn auch nicht ganz so heftig wie das andere Paar. Keiner der vier nahm sonderlich Notiz von uns. Nur Holger unterbrach kurz seine Knutscherei mit der Slipeigentümerin und zwinkerte uns zu, bevor Annika und ich nach oben gingen.

Ob wohl einer der Männer uns nachsah, während wir die Treppe hinaufgingen? Sie saßen ja so im Sofa, dass das mühelos möglich war. Ich konnte nicht widerstehen, meinen Minirock für eine Sekunde zu lupfen. Sollte tatsächlich jemand in diesem Moment zur Treppe geschaut haben, hätte er meinen blanken Po sehen können. Der Gedanke erregte mich.

Oben angekommen, erhaschten wir gerade noch den Blick auf eine sich schließende Zimmertür. Ich hatte jedoch nicht mehr erkennen können, wer dort hineingegangen war. Ich erinnerte mich dunkel, dass das hier das Schlafzimmer unserer Gastgeber war. Allerdings hing noch immer ein türkisfarbener Slip auf dem Türgriff.

„Das ist deiner", stellte ich fest und sah Annika an.

„Ja", entgegnete sie mit einer leicht heiseren Stimme, die viel Unsicherheit verriet: „Aber da ist doch grad schon eine Frau hineingegangen."

„Dann würde ich sagen: Viel Spaß beim Vierer."

Annika schluckte: „Ganz schön abgefahren, das alles."

„Das ist es", stimmte ich ihr zu. „Und es ist prickelnd."

Ich spürte, wie die Erregung in mir größer wurde und ich zunehmend Lust bekam auf einen fremden Mann, der irgendwo in diesem Haus auf mich wartete und von dem ich noch nicht wusste, wer er sein würde. Ich wusste lediglich, dass er meinen Slip hatte. Ich sollte ihn vielleicht nicht mehr allzu lange warten lassen – wo auch immer ich ihn finden würde. Ich gab Annika einen Kuss, nickte ihr aufmunternd zu und sah ihr nach, wie sie im Schlafzimmer verschwand. Erst als sie die Tür wieder hinter sich geschlossen hatte, machte ich mich nun allein auf die Suche.

Vor einem der beiden Kinderzimmer entdeckte ich Daniela. Auf dem Türgriff hingen zwei Slips: ein schwarzer und mein weißer.

„Deiner?", fragte Daniela und hielt mir meinen String entgegen.

Ich nickte und nahm ihn ihr aus der Hand.

„Schon erkundet, wer drinnen auf uns wartet?", fragte ich sie.

„Nein, ich dachte, ich warte auf die Besitzerin des weißen Slips. Schön, dass du das bist."

Das sah ich ebenso. Wer auch immer die beiden Männer in diesem Zimmer sein mochten: Mit Daniela an meiner Seite würde ich auf jeden Fall mehr Sicherheit haben. Mein Blick wanderte noch einmal zu der geschlossenen Tür, hinter der soeben Annika verschwunden war. Ich konnte gut verstehen, dass sie sich nicht sehr wohl gefühlt hatte, ganz allein in einen Raum zu gehen, in dem sich vermutlich drei Menschen befanden, die Sex mit ihr erwarteten – ohne zu wissen, wer die drei waren. Auch der Raum, in dem mein Gewinner wartete, war doppelt belegt. Aber ich wusste zumindest, dass Daniela bei mir war. Ich nickte ihr lächelnd zu, drückte auf die Klinke und öffnete langsam die Tür.

Zwei Männer und meine neue Freundin: Ein Vierer unter Beobachtung

Drinnen herrschte ein sehr gedämpftes Licht, und meine Augen brauchten einige Sekunden, bis ich etwas sehen konnte. Das erste, was ich erkannte, war eine Glatze. Der Besitzer dieser übersichtlichen Frisur saß auf dem Jugendbett und sah uns an. Ich erinnerte mich an diesen wohl etwa Ende 30- oder Anfang 40-Jährigen. Beim Kaffeetrinken hatten wir uns kurz unterhalten, und der große, sportliche Mann war mir sympathisch gewesen. Am Nachmittag hatte ich ihn in meine gedankliche Normalo-Schublade gepackt. Schön, dass du dich da geirrt hast, flüsterte meine Erotikfee. Ich mochte ihr nicht widersprechen. Aber ich hatte mich ja bei allen Gästen geirrt, die ich als Normalos einsortiert hatte. Und auf diesen Mann hatte ich Lust, wie ich mir eingestehen musste. Viel

Lust! Das war eindeutig einer von denen, die mehr als nur okay waren.

Auf dem Teppich (oder genauer gesagt auf der Schaumstoffmatratze, die vor dem Bett lag) saß der zweite Mann und sah uns entgegen. Auch an ihn konnte ich mich ganz gut erinnern, obgleich ich mit diesem schwarzhaarigen Mann mit Stoppelbart noch kein Wort gewechselt hatte. Er war nicht viel größer als ich, und auch sonst wirkte er weit weniger männlich als der Glatzkopf. Zudem war er etwas jünger als der andere. Vermutlich ungefähr in meinem Alter, schätzte ich. Er gehörte zu denen, die zumindest okay waren, befand ich nach einem Zwei-Sekunden-Check.

Was besonders ins Auge stach, nachdem ich mich an das schwache Licht gewöhnt hatte: Beide Männer waren nackt. Sie wollten wohl keinen Zweifel aufkommen lassen, was hier jetzt stattfinden sollte. Doch daran war auch so nicht zu zweifeln. Trotzdem fand ich es überraschend, dass die zwei sich bereits ausgezogen hatten, während Daniela und ich noch komplett angezogen waren. Nun ja, flüsterte meine Erotikfee. Was heißt schon komplett angezogen bei einem Minirock ohne was darunter? Da hatte sie natürlich auch wieder recht.

Für ein paar Sekunden wanderten die Blicke zwischen uns Vieren hin und her, ohne dass jemand etwas sagte. Daniela und ich hielten unsere Slips in Händen, aber wir wussten nicht, wer von den beiden welchen gezogen hatte. Aber war das wichtig?

„Hallo die Damen", sagte der Glatzkopf.

„Hallo die Herren", entgegnete Daniela.

Langsam und ohne die Männer aus den Augen zu lassen, gingen wir die zwei Schritte auf sie zu. Irgendwie zog der Glatzkopf mich an, aber bevor ich das Bett erreichte, auf dem er saß, hatte der andere Mann vom Boden aus seine Hand an meinem Bein. Mit der anderen Hand nahm er mir meinen Slip ab und legte ihn zur Seite.

„Den habe ich gezogen", sagte er und strahlte mich an.

Im ersten Moment war ich enttäuscht, aber ich beschloss, mir das nicht anmerken zu lassen – was ich wohl auch ganz gut hinbekam. Auch wenn ich eher Lust auf den anderen gehabt hätte: Unangenehm war der schwarzhaarige Stoppelbart ja auch nicht, im Gegenteil.

Ich blieb vor ihm stehen und ließ es zu, dass seine Hand langsam an meinem Bein nach oben bis unter meinen Rock wanderte. Automatisch öffnete ich meine Beine, aber seine Hand wanderte nicht dazwischen, wie ich es eigentlich erwartet hatte. Stattdessen tasteten sich seine Finger zu meinem Po und streichelten diesen. Erst sanft, dann etwas kräftiger. Ich stellte mich über ihn, und er ließ auch seine zweite Hand unter meinen Rock gleiten. Wenn ich mich jetzt einfach hinhocken würde, schoss es mir plötzlich durch den Kopf, dann könnte sein Schwanz direkt in mich hineingleiten. Steif genug dafür war er bereits. Und ich spürte, dass auch meine Muschi allmählich feuchter wurde.

Aber natürlich tat ich das nicht. Allein schon deshalb, weil der fremde Schwanz nicht in ein Kondom verpackt war. Außerdem wollte ich diese sinnlichen Hände noch ein wenig genießen. Aber der Gedanke, dass ich das einfach so hätte machen können, erregte mich.

Apropos Kondome: Wo war eigentlich das Kästchen, von dem unsere Gastgeberin gesprochen hatte? Ich ließ meinen Blick durch das Kinderzimmer schweifen und entdeckte es auf dem kleinen Nachttisch – direkt neben einer Plastikprinzessin im rosa Tüllkleidchen, die mich anzustarren schien. Irgendwie bremste dieses für ein Swinger-Separee doch einigermaßen ungewöhnliche Ausstattungsstück meine Erregung wieder etwas ab – ebenso wie das Puppenhaus neben dem Kinderschreibtisch.

Erst als mein Blick auf Danielas nackten Po fiel, konnte ich das wieder ausblenden. Sie hatte inzwischen ihren kurzen Rock verloren und trug nur noch ihre rosa Bluse. Sie saß auf dem Schoß des Glatzkopfes, der seine Hände ebenso an ihrem Hinterteil hatte, wie der andere Mann an meinem – auch wenn er sie dabei ganz anders im Griff hatte. Die beiden fickten zwar noch nicht, aber ich hatte den Eindruck, dass da nicht viel fehlte. Allzu weit konnte der Schwanz des Mannes von ihrer Muschi jedenfalls nicht entfernt sein. Was ich allerdings nicht direkt sehen konnte. Hatte er inzwischen ein Gummi übergezogen? Ich wusste es nicht. Aber das Kondomkästchen war noch geschlossen.

Ich spürte, wie sich der Schwarzhaarige unter mir an meinem Rock zu schaffen machte. Langsam zog er ihn herunter und warf ihn zur Seite. Dann waren seine Hände wieder an mir. Nun aber auch zwischen meinen Beinen, die ich erneut für ihn öffnete. Und dieses Mal nahm er die Einladung an. Seine Finger strichen über meine glattrasierte Muschi, und einen davon ließ er mühelos und tief in mich hineingleiten. Ich wusste doch, dass du längst feucht bist, flüsterte meine Erotikfee. Oh ja, das war ich!

Allerdings liebkoste mich der Mann an dieser Stelle nicht allzu lange. Er kniete sich plötzlich hin, packte mich und setzte mich auf das Bett neben den Glatzkopf. Bevor ich mich versah, war sein Kopf zwischen meinen Beinen, und er setzte mit der Zunge das fort, was seine Finger soeben begonnen hatten. Während er mich leckte, richtete ich mich halb auf und sah zu, wie Daniela ihre Bluse öffnete und abstreifte. Einen BH trug sie nicht darunter, aber den brauchte sie auch nicht.

Ich war nun die einzige in diesem Raum, die noch nicht nackt war – und beschloss, das zu ändern. Während ich die Liebkosungen in meinem Schoß genoss und den beiden neben mir zusah, öffnete ich meine Bluse Knopf für Knopf. Als sie fast offen war, legte der Glatzkopf seine Hand auf meinen Busen und massierte meine Brüste kräftig. Dabei ließ er seine Finger auch unter meinen BH gleiten. Ich wollte das unbequeme Kleidungsstück loswerden, richtete mich etwas weiter auf und erreichte mühsam den Verschluss in meinem Rücken. Als ich den geöffnete hatte, half der Mann neben mir, das Teil ebenso auszuziehen wie die Bluse. Der Schwarzhaarige zwischen meinen Beinen schien von alldem nichts mitbekommen zu haben. Sein Zungenspiel zwischen meinen Schamlippen und an meinem Kitzler veränderte sich jedenfalls nicht. Sanft und gefühlvoll leckte er mich und sorgte für noch mehr Feuchtigkeit zwischen meinen Beinen.

Daniela saß noch immer auf dem Schoß des Glatzkopfes. Ich konnte nun auch dessen großen Schwanz sehen, der sich gegen ihren Bauch und so womöglich auch gegen ihre Muschi drückte. Das war beinahe eine französische Schlittenfahrt, was die beiden da machten, schoss es mir durch den Kopf. Ganz schönes Spiel mit dem Feuer. Wollte sie sich von dem fremden Mann etwa ungeschützt ficken lassen? Von einem völlig Fremden?

„Gibst du uns mal ein Kondom?", fragte sie mich jedoch im nächsten Augenblick und deutete auf das Kästchen, das ich im Gegensatz zu ihr gut erreichen konnte.

Ich öffnete es, griff hinein und gab Daniela ein Gummi. Hastig riss sie die Verpackung auf und rollte es dem Mann über seinen Schwanz. Im nächsten Augenblick setzte sie sich auf ihn und ich sah seinen Schwanz in ihr verschwinden. Fasziniert blickte ich auf das fickende Paar neben mir.

Am liebsten hätte ich das jetzt auch getan. Andererseits waren die Liebkosungen in meinem Schoß einfach zu schön, als dass ich das hätte beenden wollen. Der Mann machte es wirklich sehr gefühlvoll, was er da zwischen meinen Beinen tat. Ich lehnte mich zurück, genoss den Anblick der schönen nackten Daniela neben mir, die genüsslich auf dem fremden Mann ritt – und spürte, wie mich der Schwarzhaarige allmählich einem Höhepunkt entgegenleckte.

Möglicherweise bekam mein Lover im ersten Moment gar nichts von meinem Orgasmus mit. Denn der durchströmte mich ganz sanft, und ich blieb ganz leise dabei. Ich hatte mich lediglich etwas verkrampft, als es mir kam, und den Kopf des Mannes festgehalten, damit er meinem nun doch etwas empfindlich gewordenen Kitzler eine kleine Pause gewährte.

Ich zog seinen Kopf aus meinem Schoß, lächelte ihn an und warf ihm einen Luftkuss zu. Er hatte mich wundervoll verwöhnt. Viel sanfter als ich das von den meisten Männern kannte. Seine Lippen glänzten von meiner Feuchtigkeit. Er erwiderte mein Lächeln, richtete sich auf und küsste mich. Dass er nach mir schmeckte, machte mich an. Fast automatisch wanderte meine Hand in seinen Schoß und bekam seinen steifen Schwanz zu fassen. Ich rieb während unseres ausgiebigen Kusses daran – ebenso sanft, wie er zuvor meine Muschi liebkost hatte.

Ich wollte ihn in mir spüren. Aber ich hatte auch große Lust, ihn für den wundervollen Orgasmus zu belohnen, den er mir geschenkt hatte. Ich drückte ihn aufs Bett und kniete mich vor ihn. Seine großen Augen verrieten, dass er mit diesem Stellungswechsel sehr einverstanden war. Ich sah noch, wie er eine Hand zu Danielas Brüsten ausstreckte, dann konzentrierte ich mich ganz auf seinen Schwanz.

Ich leckte daran, spürte aber sofort, dass ihm das zu wenig war. Er stieß ihn mir entgegen, so als wolle er mich in den Mund ficken. Ich erfüllte ihm seinen Wunsch und nahm ihn zwischen meine Lippen, während meine Hand nun etwas stärker daran rieb. Er war deutlich kleiner als der Schwanz des Glatzkopfes. Aber der war auch sehr groß, soweit ich das gesehen hatte. Vermutlich sogar noch größer als der meines Mannes – und das wollte etwas heißen.

Erst als der Schwanz in meinem Mund verräterisch zu zucken begann, beendete ich mein Blasen. Zum Spritzen bringen wollte ich ihn nicht. Nicht in meinem Mund und schon gar nicht jetzt schon. Ich entließ ihn an die Luft, strich noch einmal kurz mit der Zunge über die Eichel und pustete sie anschließend an. Ob das als Zwischenkühlung reichte?

Der Blick des Mannes wirkte für ein, zwei Sekunden ein bisschen verzweifelt. War er schon so nah am Orgasmus gewesen, dass er gern jetzt bereits gekommen wäre? Mag sein, dachte ich und griff ins Kondomkästchen. Aber erst sollte hier noch etwas anderes passieren.

Wie Daniela das mit dem anderen Mann getan hatte, verpackte ich auch den Schwanz, der soeben noch in meinem Mund gewesen war, in ein Gummi. Als ich aufstand, um mich auf ihn zu setzen, fiel mein Blick auf Danielas schöne Pobacken, zwischen denen der Schwanz des Glatzkopfes immer wieder zum Vorschein kam, um dort sofort wieder zu verschwinden. Das sah heiß aus. Und ganz genau so wollte ich es jetzt auch.

Ich setzte mich auf meinen Lover, und sein steifes Teil verschwand mühelos in mir. Es war zu viert zwar sehr eng auf dem Bett, aber das hatte ja auch einen gewissen Reiz. Daniela und ich ritten auf den Männern, und die griffen immer wieder zu unseren Brüsten – auch wechselseitig. Solche Streicheleinheiten über Kreuz mochte ich sehr beim Sex zu viert, und ich beteiligte mich aktiv daran. Der Glatzkopf hatte einen durchtrainierten Oberkörper. Und anders als mein Lover war er dort völlig unbehaart. Ich konnte nicht widerstehen, ihn immer wieder anzufassen. Aber ich ließ meine Hand auch zu Danielas Po wandern, wo meine Finger den Schwanz des anderen Mannes ertasteten. Der Glatzkopf schien sehr hart zu sein – und Daniela genoss den Fick mit ihm sichtlich.

Ich beugte mich zu dem Schwarzhaarigen unter mir und küsste ihn. Im nächsten Augenblick aber beugte ich mich zur Seite, um auch den anderen Mann zu küssen. Anschließend richtete ich mich auf und küsste Daniela. Darauf hatte ich schon seit der spontanen Knutscherei in der Küche am Nachmittag Lust gehabt. Jetzt ergab sich das ganz von selbst.

„Tauschen?", hörte ich die keuchende Stimme des Glatzkopfes.

„Tauschen!", bestätigte der Schwarzhaarige.

„Tauschen!", sagte auch Daniela im nächsten Moment.

Schön, dass sich alle so einig sind, freute sich meine Erotikfee. Auch ich hatte Lust auf einen Partnertausch.

Ohne auch noch etwas dazu zu sagen, stieg ich vom Schoß des Schwarzhaarigen – ebenso wie Daniela von ihrem Lover. Auch die Männer standen auf, zogen ihre Kondome ab und griffen zu neuen Gummis. Bevor irgendjemand bei dem begrenzten Platz irgendetwas anderes beschließen konnte, kniete ich mich auf die Matratze vor dem Bett und streckte dem Glatzkopf meinen Po entgegen. Sofort war er hinter mir, packte mich, und ich spürte seinen Schwanz zwischen meinen Oberschenkeln. Im nächsten Moment stieß er tief in mich.

Daniela legte sich auf das Bett über uns und präsentierte dem Schwarzhaarigen ihren Schoß. Kein Zweifel, sie wollte in der Missio genommen werden. Eigentlich mochte ich diese klassische Stellung auch gern. Beim Gruppensex allerdings bevorzugte ich andere Varianten. Allein schon deshalb, weil man als Frau ansonsten nicht allzu viel von dem sehen konnte, was um einen herum noch so alles passierte. Und das wollte ich gern. Nicht nur Männer hatten voyeuristische Neigungen. Auch ich sah gern zu – vor allem natürlich dann, wenn mein eigener Mann es mit einer anderen tat. Aber auch sonst gab mir der Anblick von Menschen beim Sex einen zusätzlichen Kick, den ich mir immer wieder gern holte.

Daniela hatte schöne Beine, stellte ich anerkennend fest, als sie sie etwas anzog und für ihren neuen Lover weit öffnete. Er nahm sie von Anfang an mit schnellen, heftigen Stößen. Offenbar hatte er dabei auf Anhieb den richtigen Winkel gefunden. Jedenfalls wurde Danielas Atem schneller und bald schrie sie ihren

Orgasmus laut heraus. Ihr Gesicht wirkte verschwitzt und verklärt, ich konnte erkennen, wie sie sich dem Mann zwischen ihren Beinen noch immer entgegendrückte. Sie wollte ihren Höhepunkt offenbar bis zur letzten Sekunde auskosten.

Ich wusste, dass ich in der Doggy-Stellung vermutlich nicht kommen würde. Aber es war trotzdem geil, den Mann von hinten zu spüren und zugleich dem anderen Paar direkt vor mir zuzusehen. Ich beugte mich vor und streichelte Danielas Gesicht. Sie schnappte mit den Lippen sofort nach meinem Finger und saugte daran. Dann öffnete sie die Augen, sah mich an und lehnte sich mir entgegen. Während der Schwarzhaarige noch immer (nun allerdings etwas sanfter) in sie stieß, fanden sich unsere Lippen zu einem erneuten Kuss. Daraufhin wurden die Stöße des Glatzkopfes in mir heftiger. Offenbar machte ihn der Anblick zweier Frauen an, die sich küssten.

Als Daniela und ich uns wieder voneinander lösten, war da sofort der Schwarzhaarige, der meinen Kopf griff und mich ebenfalls küsste. Ich hatte nichts dagegen. Durcheinander knutschen beim Gruppensex liebte ich schon immer.

Im nächsten Moment allerdings übernahm der Glatzkopf hinter mir die Regie. Er zog sich aus mir zurück, packte mich und warf mich auf den Rücken. Sofort war er zwischen meinen Beinen und erneut in mir. In einem hohen Tempo fickte er mich weiter, ich konzentrierte mich nun ganz auf diesen Mann, und ich spürte wie sich nun doch allmählich ein erneuter Höhepunkt in mir aufbaute. Als es mir kam, war ich ebenso laut wie Daniela. Mein Lover hielt kurz inne, machte dann weiter, und bald darauf kam auch er. Als er sich kurz darauf aus mir zurückzog, war das Gummi auf seinem noch immer halbwegs steifen Schwanz prall gefüllt.

Ich richtete mich auf und küsste ihn. Sein Kuss war härter als ich es kurz zuvor bei Daniela oder auch dem anderen Mann wahrgenommen hatte. Aber gerade dadurch wirkte er auch männlicher. Als ich ihn anschließend anlächelte, fiel mein Blick an ihm vorbei auf den Nachttisch – und erneut auf die rosa Puppenprinzessin, deren offene Augen mich anblickten. Fast hatte ich den Eindruck, als sei das ein tadelnder Blick, mit dem diese Puppe uns beobachtete – gerade so, als sei sie empört über das, was hier soeben stattfand. Ganz unrecht hätte sie damit ja auch nicht gehabt. Gruppensex im Kinderzimmer war schon eher etwas Seltsames – und so ganz ausblenden konnte ich die Szenerie um uns herum noch immer nicht. Kurz entschlossen nahm ich meine Bluse und warf sie über die Prinzessin. Sie musste ja nicht alles mitbekommen, was hier geschah, beschloss ich.

Erst jetzt konnte ich mich wieder auf unseren Vierer einlassen, von dem ich hoffte, dass er noch nicht zu Ende sein würde – obgleich mein Lover bereits gekommen war. Erfreulicherweise hatte er sein Gummi aber gelassen, wo es war – und somit auch sein Sperma, von dem ich nicht befürchten musste, dass es unkontrolliert irgendwo hingelangen konnte, wo es nicht hinsollte.

Daniela und der andere Mann waren noch munter dabei. Allerdings hatten auch sie nun die Stellung gewechselt. Er kniete vor ihr, während sie seinen Schwanz mit dem Mund verwöhnte. Ich ließ eine Hand in ihren Schoß gleiten und streichelte ihre feuchte Muschi. Es dauerte nicht lange, und sie hatte einen weiteren Höhepunkt. Ich öffnete meine Beine ein wenig mehr und hoffte, dass auch der Glatzkopf mich noch ein wenig streicheln oder vielleicht auch lecken würde. Aber er beschränkte sich darauf, uns zuzusehen. Offenbar war er nach seinem eigenen Orgasmus nicht mehr sonderlich in der Stimmung, weiter mitzumischen. Schade eigentlich. Aber auch das erlebte ich nicht zum ersten Mal beim Gruppensex. War ein Mann fertig, dann war er fertig – zumindest für eine gewisse Zeit.

Der Schwarzhaarige war hingegen noch lange nicht fertig, hatte ich den Eindruck. Er war sichtlich erregt. Offenbar machte Daniela ihre Sache gut – auch wenn ihr Blasen etwas ruckhaft wurde, als sie selbst ihren Höhepunkt hatte. Ich richtete mich auf und löste sie kurz an dem Schwanz ab, den ich nun zum zweiten Mal im Mund hatte. Aber nur kurz. Meine neue Freundin verdrängte mich rasch wieder machte weiter. Bald hatte ich den Eindruck, dass der Mann so weit war.

Was auch Daniela rechtzeitig bemerkte. Im letzten Moment hörte sie auf zu blasen und brachte es mit der Hand zu Ende. Was den Schwarzhaarigen wohl etwas enttäuschte. Jedenfalls deutete ich seinen entgeisterten Blick so. Ich wusste, dass fast jeder Mann es liebte, wenn eine Frau ihn mit dem Mund zum Höhepunkt brachte – und am besten auch noch schluckte, was dann in ihrem Mund sprudelte. Ich war hin und wieder durchaus bereit, einem Mann ein solches Geschenk zu machen – nicht nur meinem Liebsten. Aber mit diesen beiden zugelosten Lovern, deren Namen ich nicht mal kannte, empfand ich in diesem Augenblick nicht genügend Vertrautheit dafür. Offensichtlich sah Daniela das genauso.

Dennoch bekam sie das Sperma dieses Mannes. Es schoss mit heftigem Druck heraus und traf ihren Busen. Es war ziemlich viel. Ich konnte zusehen, wie es über ihre kleinen Brüste lief und dort eine deutliche Spur hinterließ.

Daniela schien das zu gefallen. Sie verrieb es sogar noch mit dem allmählich schlaffer werdenden Schwanz auf ihrer Haut. Jetzt war ich mir nicht mehr ganz so sicher, ob es dem Mann wirklich besser gefallen hätte, in Danielas Mund zu kommen. Sein Blick klebte jedenfalls gebannt an ihrem spermaverschmierten Oberkörper. Auch ich empfand den Anblick als hoch erotisch. Wäre das Sperma von meinem Mann gewesen oder von einem Liebhaber, den ich bereits besser kannte, dann hätte ich es jetzt vielleicht abgeleckt. Aber da das nicht der Fall war, ließ ich es. Auch wenn meine Erotikfee durchaus korrekt anmerkte, dass ich so etwas auch schon lockerer gehandhabt hatte. Es gab durchaus Situationen, in denen sich mein Kopf abschaltete und ich einfach nur meine Geilheit auslebte – und da dachte ich dann auch nicht mehr über Namen oder Vertrautheit nach. Derart bedingungslos hatte ich mich in diesem Vierer jedoch nicht fallenlassen können. Vermutlich war das auch nur möglich, wenn Steffen bei mir war. Aber der vögelte in diesem Moment ja wohl irgendwo mit irgendwem.

Für einen Augenblick lag Stille im Kinderzimmer. Ich hörte nur das schwere Atmen des Schwarzhaarigen, das mit seinem abklingenden Orgasmus aber immer ruhiger wurde. Die Stille wurde allerdings abrupt unterbrochen, als wir aus dem Nebenzimmer den ziemlich lauten Orgasmusschrei einer Frau hörten. Ich überlegte, ob ich den irgendjemandem zuordnen konnte, aber das gelang mir nicht. Auch die anderen drei hatten das natürlich gehört und ein wissendes Lächeln ging durch unsere Runde.

„War ich auch so laut?", fragte Daniela.

„Nein", entgegnete ich. „Du warst lauter."

„Ernsthaft?"

Ich zuckte mit den Schultern, die beiden Männer nickten grinsend.

„Ich glaube, ich werde mal schauen, ob ich eine Dusche finde", sagte der Glatzkopf kurz darauf und stand auf.

Erst jetzt befreite er seinen mittlerweile komplett eingefallenen Schwanz vom Kondom, warf es in den Papierkorb und öffnete die Tür. Auch der Schwarzhaarige erhob sich und wandte sich zum Gehen. Immerhin gab er sowohl Daniela als auch mir noch einen Kuss und sagte:

„Es war geil mit euch."

Dann allerdings war auch er verschwunden.

„Und tschüs", sagte Daniela, als die Tür hinter den beiden Männern wieder zugefallen war.

„Ich find es immer schade, wenn solche Begegnungen so abrupt enden", murmelte ich.

„Ich auch. Aber bei Hauspartys habe ich das schon öfter erlebt. Da haben wohl einige den Eindruck, dass man gar nicht weg ist. Man ist ja weiterhin im Haus und läuft sich auch wahrscheinlich wieder über den Weg."

„Ja, mag sein. Wir haben so etwas auch schon im Club erlebt. Abspritzen und weg. Liegt vielleicht in der Natur des Swingens. Ich hätte trotzdem gern noch ein bisschen mit den beiden geplaudert und gekuschelt."

„Die Nacht beginnt ja grad erst."

„Da hast du natürlich recht", stimmte ich ihr zu. „Wer weiß, was heute noch so alles passiert – und mit wem."

„Bist du auch neugierig, was dein Mann in der Zwischenzeit getrieben hat?"

„Und ob!", bestätigte ich. „Der muss mir spätestens zu Haus alles ganz genau erzählen. Und er wird auch wissen wollen, was ich erlebt habe."

„Lass mich raten: Während ihr darüber redet, liegt er zwischen deinen Beinen."

„Sehr wahrscheinlich", bestätigte ich. „Und das ist normalerweise ziemlich geiler Ehesex, den wir dann haben."

„Kommt mir bekannt vor."

„Meistens will ich dann tatsächlich auch einfach nur in der Missio genommen werden und ihm dabei in die Augen sehen. Außerdem komme ich so auch am besten."

„Geht mir ganz genauso. In jeder anderen Stellung habe ich manchmal Probleme. Aber Missio ist perfekt. Deshalb hat das eben auch gut geklappt, als der Schwarzhaarige es so mit mir gemacht hat. Auch wenn es ein bisschen komisch war, erst so einen großen und dann diesen doch deutlich kleineren Schwanz zu spüren."

„Ja, der Glatzkopf hatte ein ziemlich eindrucksvolles Teil. Ungefähr wie Steffen, vielleicht sogar noch etwas größer."

„Dein Mann hat auch so einen großen Schwanz?"

Ich nickte lächelnd – was wohl irgendwie verlegen und zugleich auch stolz wirken mochte.

„Geil", sagte Daniela. „Offen gestanden, gehöre ich nicht zu den Frauen, denen die Größe egal ist. Zu wissen, dass dein Liebster auch so gut ausgestattet ist, ist natürlich eine prickelnde Aussicht. Abgeneigt wäre ich bei ihm jedenfalls nicht."

„Ich bei deinem auch nicht."

Daniela und ich lächelten uns an und wussten, dass wir uns verstanden.

„Ich glaube, ich muss auch mal unter eine Dusche", sagte meine neue Freundin und sah auf ihre sperma- verschmierten Brüste. „Damit möchte ich nicht die ganze Nacht rumlaufen."

Wir verließen das Kinderzimmer und huschten nackt über den Flur. Wo befand sich nochmal das Bad? Ich war ja vor einigen Monaten bereits hier ge- wesen, musste aber dennoch überlegen. Auf dem Weg begegneten uns mehrere andere nackte Menschen. Offenbar hatten alle stillschweigend beschlossen, die Geburtstagsfeier nun als FKK-Party weitergehen zu lassen – abgesehen von vereinzelten Ausnahmen. Aber Pumps oder auch mal ein Slip zählten in dieser Hinsicht eigentlich kaum.

Als wir das Bad fanden (natürlich war es da, wo es in Einfamilienhäusern immer war: direkt neben dem Schlafzimmer), kam gerade ein anderes Paar heraus, lächelte uns freundlich zu und ging zur Treppe. Ich überlegte einen Moment. Gehörten die beiden zu- sammen? Nein, der Mann hatte am Nachmittag eine andere Frau an seiner Seite gehabt. Die zwei waren offensichtlich ein zusammengelostes Paar – und hat- ten sich nicht direkt nach dem Sex gleich wieder von- einander verabschiedet, sondern auch noch gemein- sam geduscht.

Auch wir duschten uns nun kurz ab und nahmen frische Handtücher aus einem gut gefüllten Regal in dem geräumigen Badezimmer. Das war ein beachtli- cher Vorrat, stellte ich fest. Selbst daran hatten unsere Gastgeber gedacht. Das gefiel mir. Auch, dass unsere beiden Männer nach dem Sex ganz selbstverständlich duschen wollten, empfand ich als ausgesprochen angenehm – auch wenn ich es vorgezogen hätte, wenn sie es mit uns gemeinsam getan hätten. Aber immerhin waren sie auf Hygiene bedacht – das hatte ich bei anderer Gelegenheit leider auch schon ganz anders erlebt.

Laras Projekt und Danielas Enttäuschung: Die Dreistigkeit der Gastgeberin

„Wollen wir mal nach unserem Küken sehen, bevor wir die Männer suchen?", fragte ich, als wir das Bad verließen.

„Küken?"

„Annika. Sie ist eindeutig die Jüngste hier. Und ich hatte vorhin den Eindruck, dass ihr nicht ganz wohl war bei der Verlosung und dem ganzen Spiel."

„Ja, da könntest du recht haben. Aber wer weiß, wo sie steckt."

„Ihr Slip hing vorhin auf der Türklinke zum Schlafzimmer. Schauen wir doch mal – vielleicht ist sie da noch."

Die Tür war nur angelehnt, und wir öffneten sie vorsichtig. Schließlich wollten wir niemanden stören, der womöglich nicht gestört werden wollte. Drinnen herrschte ein ähnlich gedimmtes Licht wie in unserem Puppenprinzessinnen-Liebesnest. Auf dem großen Bett fanden wir tatsächlich Annika, die allein hier war. Ich hatte den Eindruck, sie war kurz vor dem Einschlafen. Sie sah fast ein bisschen verloren aus auf dem riesigen Bett, das breiter als lang war. Bei unserem Besuch hier einige Monate zuvor, hatten wir in diesem spielwiesenähnlichen Ehebett die Nacht zu viert verbracht – und durchaus auch einigermaßen Schlaf bekommen, ohne dass es allzu eng gewesen wäre. Es war sicherlich kein Zufall, dass sich im Schlafzimmer dieses Swingerpaares ein derart großes Bett befand. Wie viele fremde Menschen hatte es beim Sex wohl schon erlebt? Mit Sicherheit waren Steffen und ich im Winter nicht die ersten gewesen.

„Na, wie fühlst du dich?", fragte ich und legte mich zu Annika.

„Wie frisch gefickt", entgegnete sie mit strahlenden Augen.

„Nur wie?", entgegnete Daniela lächelnd und legte sich auf die andere Seite der schönen nackten Frau.

„Nein, nicht nur wie", lächelte sie zurück. „Das war ein toller Vierer. Die anderen drei waren super lieb zu mir."

„Wo sind sie denn?", wollte ich wissen.

„Sie wollten duschen und mich eigentlich auch mitnehmen. Aber ich wollte lieber noch einen Moment dösen und das alles nachklingen lassen."

Annikas Stimme klang sehr weich. Sie wirkte nun völlig anders als ich sie vorhin erlebt hatte, bevor sie in dieses Zimmer gegangen war. Ihre Unsicherheit schien verschwunden – vermutlich ganz einfach weggevögelt, wie meine Erotikfee feststellte. Offensichtlich hatte sie soeben ein schönes Erlebnis gehabt, und es ging ihr gut damit.

„Und wisst ihr, was toll war", sagte Annika: „Beide Männer sind in mir gekommen."

„Was?", gab Daniela entsetzt zurück.

„Naja, also nicht richtig in mir. Ins Kondom natürlich", korrigierte Annika sich.

Daniela atmete tief durch. Für einen Moment hatte auch ich geglaubt, die junge Frau hätte sich blank ficken lassen. So etwas kam ja durchaus vor – auch beim wilden Durcheinander einer Gruppensex-Party. Ich war erleichtert, dass das nur ein Missverständnis gewesen war.

Während wir uns unterhielten, gab es sanfte Berührungen von Daniela und mir. Eher spielerisch streichelten wir die zwischen uns liegende Annika. Sehr behutsam wanderten meine Fingerspitzen an ihrem Arm entlang, am Bein, an der Schulter. Beinahe gedankenverloren strichen Danielas Finger durch Annikas braune Locken – um sich anschließend mit meinen Fingern in ihrem Gesicht zu treffen. Als wir gemeinsam über ihre Lippen strichen, öffnete sich der Mund und es gab kleine Küsschen für unsere Fingerspitzen.

Ich hätte später gar nicht mehr sagen können, ob Daniela mit dem Streicheln angefangen hatte oder ich. Es ergab sich einfach so. Und die vollbusige Schönheit in unserer Mitte schien das zu genießen. Jedenfalls verstummte sie irgendwann mitten im Satz, schloss die Augen und lag einfach nur da – genau in dem

Moment, in dem Danielas Zunge über Annikas Brustwarze wanderte. Als ich dann auch noch ihre andere Brustwarze küsste, atmete sie tief ein und griff nach meinem Oberschenkel.

Daniela und ich zwinkerten uns zu und küssten uns über diesem schönen Busen. Dann setzten wir unsere Liebkosungen für Annika fort. Während meine Lippen küssend in Richtung ihres Halses wanderten, bewegte sich Daniela in die entgegengesetzte Richtung. Als ich beim Mund ankam, öffneten sich die Lippen erneut und wir küssten uns. Dieses Mal war es aber kein Küsschen, sondern ein Kuss. Annikas Lippen waren weich und feucht, unsere Zungen fanden sich zu einem zärtlichen Tanz. Dabei spürte ich, wie die Frau neben mir eine Hand zu meinen Brüsten wandern ließ und sie liebevoll drückte. Ich tat das Gleiche mit ihr.

Als sich unsere Lippen wieder voneinander lösten, strahlte Annika mich mit großen Augen an. Ich bemerkte, dass sie nun nicht mehr einfach so still dalag, sondern ihr Becken bewegte – erst ganz leicht, dann aber immer mehr. Als ich zu Daniela schaute, sah ich ihren Kopf zwischen Annikas Beinen.

„Gefällt es dir, was sie tut?", fragte ich.

Annika nickte kurz, aber heftig. Erneut küssten wir uns. Dieses Mal aber ging das nicht von mir aus, sondern von ihr. Sie griff nach meinem Kopf und zog mich zu sich.

„Ach hier seid ihr", hörte ich kurz darauf die vertraute Stimme meines Liebsten.

Überrascht blickte ich zur Tür, wo Steffen gemeinsam mit Danielas Mann Florian stand und uns zusah. Nichts gegen männliche Zuschauer oder Verstärkung beim Liebesspiel. Aber in diesem Augenblick hätte ich es vorgezogen, erst noch ein wenig die zärtliche Dreisamkeit mit den beiden anderen Frauen fortzusetzen. Vielleicht hätten wir die Tür schließen sollen. Was bei so einer Party aber vermutlich auch nicht viel genutzt hätte, wie meine Erotikfee grinsend anmerkte.

Immerhin waren die beiden Männer recht dezent, als sie sich zu uns auf das Bett setzten. Zunächst sahen sie nur zu und machten keinerlei Anstalten, uns anzufassen – was ich als sehr angenehm empfand. Im Laufe unserer Swingerzeit hatte Steffen ein gutes Gespür dafür entwickelt, wann er sich besser zurückhalten sollte und wann nicht – auch wenn dieses Gespür zuweilen versagte. Aber in diesem Augenblick erkannte er, dass wir (noch) keine männliche Einmischung wünschten. Und auch Florian nahmen wir kaum wahr.

So musste sich keine von uns dreien in irgendeiner Weise von den beiden Männern gestört fühlen – auch wenn ich Steffens Blicke spürte, als ich mit meinem Kopf zwischen Annikas Brüsten eintauchte, den Duft ihrer Haut tief einatmete und sie liebkoste. Ich wusste genau, dass mein Mann jetzt gern mit mir getauscht hätte. Er hatte schon immer eine Vorliebe für Frauen mit großer Oberweite. Und Annika hatte einfach einen sensationellen Busen: groß, fest, rund. Ich massierte lange ihre Brüste mit beiden Händen, küsste ausgiebig ihre Brustwarzen – und spürte dann irgendwann doch den Atem meines Liebsten in meinem Nacken.

„Darf ich auch mal?", fragte er ganz vorsichtig, aber mit erwartungsvollem Blick.

„Na gut", entgegnete ich und gab Annikas Brust frei – jedoch nur eine.

Ihr Atem verriet, dass sie unsere gemeinsamen Liebkosungen genoss. Allerdings war es natürlich auch gut möglich, dass Annikas zunehmende Erregung von den beiden Menschen in ihrem Schoß herrührte. Daniela und Florian lagen nun gemeinsam zwischen ihren Beinen und wechselten sich beim Lippen- und Zungenspiel in ihrem Schoß ab. Es war klar, dass Annika das anmachte. Vier Menschen schenkten ihr die ungeteilte Aufmerksamkeit. Es wunderte mich deshalb auch keineswegs, dass sie nicht allzu lange für einen ersten Orgasmus brauchte – der sicherlich nicht der erste dieses Abends war. Danielas Liebkosungen in ihrem Schoß hatten ihre Wirkung nicht verfehlt.

Mit einem Ruck setzte Annika sich auf und schaute uns alle an. Es sah beinahe so aus, als würde sie erst jetzt realisieren, dass aus unserem Frauen-Dreier ein Fünfer mit männlicher Beteiligung geworden war. Vielleicht war das ja tatsächlich der Fall. Auch ich hatte mich schon in manchen Gruppensex-Situationen derart fallen lassen, dass ich in eine regelrechte Trance geraten war.

Annikas nun sehr wacher Blick pendelte für einige Sekunden zwischen den beiden Männern – die sie ihrerseits erwartungsfroh ansahen:

„Einer von euch beiden muss mich jetzt ficken!", sagte sie mit einer Stimme, die keinen Widerspruch zuließ.

War das die schüchterne Frau, die vorhin mit sichtlichem Unbehagen dieses Zimmer betreten hatte?

Steffen und Florian griffen fast gleichzeitig in das Kästchen mit den Kondomen. Beide waren mehr als willig, der jungen Schönheit ihren Wunsch zu erfüllen. Bevor Steffen sich jedoch ein Gummi überziehen konnte, griff Daniela nach seinem Schwanz. Wollte sie ihrem Mann einen Vorteil verschaffen? Quatsch, entgegnete meine Erotikfee: Diese Frau ist selbst heiß auf deinen Mann. Richtig – Daniela hatte ja vorhin durchblicken lassen, wie sehr sie auf große Schwänze stand. Und der von Steffen war nun mal alles andere als klein. So voll aufgerichtet, wie er jetzt in die Luft ragte, sah das schon recht imposant aus. Auch wenn ich diesen Anblick ja gut kannte: Ein bisschen war ich stolz darauf, dass diese Frau unbedingt meinen Mann wollte.

Während Florian sich das Gummi über den Schwanz rollte, drehte Annika sich um und streckte ihm ihren schönen Po entgegen. Er kniete sich hinter sie, packte sie und war im nächsten Augenblick auch schon in ihr. Während er sie zu ficken begann, küsste ich Annika und spielte mit ihren schaukelnden Brüsten. Ich hätte jetzt auch Lust gehabt, mich unter sie zu legen und sie zu lecken. Aber ich wollte auch gern sehen, was weiter um mich herum geschah. Schließlich entstand ja auch zwischen Daniela und Steffen in diesem Moment ein Liebesspiel. Und meinem Mann beim Sex mit einer anderen Frau zuzusehen, hatte für mich schon immer einen ganz besonderen Reiz. Würde ich mich nun unter die kniende Annika legen, wäre mein Blick für alles andere versperrt gewesen. Also tat ich es nicht.

Daniela und Steffen ließen sich mehr Zeit. Sie umarmten und küssten sich, mein Liebster hatte zwar ein Kondom in der Hand, aber er hatte es nun nicht mehr eilig, die Verpackung aufzureißen. Danielas Griff an seinem Schwanz fühlte sich wohl gut an, wie ich vermutete. Und auch er ließ eine Hand in ihren Schoß wandern.

Ich hatte erst gar nicht bemerkt, dass wir in diesem Zimmer weiteren Zulauf bekommen hatten. Erst als Lara sich neben Daniela und Steffen auf das Bett kniete und sich in ihre Knutscherei einmischte, stellte ich fest, dass sich unsere Gastgeberin zu uns gesellt hatte. Daniela ging umgehend auf sie ein, küsste sie, anschließend tat das auch Steffen, der es sichtlich genoss, nun zwei Frauen im Arm zu haben. So etwas fand er immer toll. Nun ja – bei welchem Mann war das nicht der Fall?

Allerdings überraschte es mich, was Lara im nächsten Moment tat: Sie kniete sich neben Annika und streckte Steffen ihren Po entgegen.

„Fick mich!", sagte sie ganz direkt zu ihm.

An sich hätte Steffen natürlich nichts dagegen gehabt, diese schöne Frau zu nehmen. Das dafür notwendige Kondom hielt er ja bereits in der Hand, was Lara sicherlich registriert hatte. Aber sie hätte doch eigentlich auch bemerken müssen, dass Daniela genau dies von Steffen erwartete. Die zwei waren doch kurz davor gewesen. Eigentlich war das ganz schön dreist von Lara – und das sah Daniela wohl ebenso. Jedenfalls blickte sie ziemlich erstaunt auf den Po, der sich Steffen so provozierend entgegenstreckte. Auch mein Liebster zögerte einen Moment und blickte zwischen den beiden Frauen hin und her. Man sah ihm seine Verwirrung an.

„Du wirst doch der Gastgeberin keinen Korb geben wollen?", sagte Lara.

Daniela löste die Situation auf, indem sie achselzuckend Steffen losließ und sich mir zuwandte. Ich umarmte sie, und gemeinsam schauten wir zu, wie sich mein Mann das Kondom über den Schwanz rollte. Im nächsten Moment kniete er sich hinter Lara und nahm sie auf die gleiche Weise, wie Florian es noch immer mit Annika tat.

„Da war ich wohl nicht schnell genug", flüsterte Daniela mir zu, während wir aus dem Bett stiegen.

Wir setzten uns gemeinsam in den großen Sessel an der Seite des Raumes und sahen den beiden fickenden Paaren auf dem Bett zu.

„Oder nicht dreist genug", entgegnete ich ebenso leise. „Aber die Nacht ist ja noch jung."

„Stimmt. Die Zahl der männlichen Höhepunkte ist normalerweise allerdings begrenzt", erwiderte sie.

„Keine Sorge. Beim Swingen kann Steffen manchmal erstaunlich oft. Vor allem, wenn er besonders heiß auf eine Frau ist. Und auf dich ist er heiß, glaub mir."

Daniela lächelte mich süßsauer an. Ich war mir sicher, dass es stimmte, was ich soeben zu ihr gesagt hatte. Allerdings war ich mir nicht sicher, ob mein Mann es nicht noch lieber mit Annika tun würde. Aber das eine schloss das andere ja nicht aus. Schließlich waren wir hier mitten in einer Gruppensex-Party.

Lara war nicht allein ins Schlafzimmer gekommen, wie mir jetzt auffiel. Auch ihr Mann Holger war hier, allerdings stand er lediglich am Eingang und betrachtete das Treiben – locker entspannt an den Türrahmen gelehnt und die Hände auf dem Rücken verschränkt. Wir lächelten ihn an, er lächelte zurück – aber er blieb, wo er war. Schade, dachte ich. Ich hätte jetzt gern mit einem Mann gespielt, aber offenbar hatte er in diesem Moment wenig Interesse. Sein eingefallener Schwanz verriet auch keine allzu große Erregung – ungeachtet der Tatsache, dass er seiner Frau beim Fremdfick zusah. Vielleicht hatte er ja erst vor wenigen Minuten Sex gehabt und begnügte sich nun mit der Zuschauerrolle.

Ganz anders Lara. Sie nahm Steffens Stöße nicht einfach nur in sich auf, sondern drückte sich ihm aktiv entgegen – gerade so, als reiche es ihr nicht, was er mit ihr tat. Meine Güte, war diese Frau heiß! Annika und Florian gaben ein ruhigeres Bild ab, obgleich sie es auf die gleiche Weise machten. Zwischen den beiden Paaren gab es dabei kaum wechselseitige Berührungen – alle waren voll auf den jeweiligen Partner konzentriert.

Bei dem Tempo, das Lara meinem Mann abverlangte, wunderte es mich keineswegs, dass er bald so weit war. Ich sah ihm an, dass sein Höhepunkt bevorstand. Auch Lara bemerkte es wohl.

„Auf den Po", sagte sie, während sie sich zu ihm umwandte: „Spritz es mir auf den Po!"

Steffen dachte nicht lange nach, sondern erfüllte ihr den Wunsch. Er zog seinen Schwanz aus ihr zurück, streifte das Kondom ab und brachte es mit der Hand zu Ende – wofür er nur zwei, drei Sekunden brauchte. Sein Sperma schoss mit hohem Druck heraus und landete weitgehend auf Laras Rücken. Auf ihrem Po kamen nur wenige Tropfen an.

Trotzdem schien sie zufrieden zu sein mit dem Ergebnis. Sie drehte sich zu ihm, und warf ihm einen Luftkuss zu. Anschließend legte sie sich auf den Rücken, griff zu Florians Bein und sah ihn an:

„Jetzt du!", sagte sie zu dem Mann, der noch immer Annikas Pobacken knetete, während er sie mit gefühlvollen Stößen nahm.

Er sah Lara erstaunt an, und auch in Annikas Blick lag einige Verwirrung. Natürlich ging es beim Gruppensex manchmal hin und her und wild durcheinander. Aber dass jemand so offensiv den Abbruch einer anderen Nummer regelrecht verlangte, war eher ungewöhnlich. Ich hatte auch nicht den Eindruck, dass

Florian zu diesem Partnerwechsel bereit war. Er machte weiter, was er tat, und gab Lara lediglich ein unverbindliches Achselzucken. Die aber gab sich damit nicht zufrieden.

„Du wirst doch der Gastgeberin keinen Korb geben wollen?", sagte sie, während sie ihre Beine weit öffnete und mit den Fingern provozierend an ihrer eigenen Muschi spielte.

Den Satz hatte ich doch schonmal gehört, stellte ich fest. Florians Bewegungen wurden langsamer und erstarben schließlich ganz. Auch Annika konnte nun wohl Laras Übergriffigkeit nicht mehr ignorieren. Sie ließ sich nach vorn fallen, wobei Florian aus ihr herausrutschte.

„Na dann mach mal", sagte sie mit einer beinahe schicksalsergebenen Stimme.

Ganz wohl fühlte Florian sich dabei wohl trotzdem nicht. Aber er zog das Gummi vom Schwanz, rollte ein neues darüber und lag wenige Sekunden später zwischen Laras Beinen. Seiner Standfestigkeit hatte diese seltsame Art des Partnerwechsels offenbar keinen Abbruch getan. Jedenfalls nahm er Lara mit schnellen und tiefen Stößen – wobei die Bewegungen ihres Beckens auch kaum einen anderen Rhythmus zuließen.

Annika verließ das Bett und kam achselzuckend zu uns. Steffen blieb wo er war, lehnte sich ans Kopfende des Bettes und sah dem fickenden Paar von dort aus zu. Lara drehte den Kopf zu ihm und griff noch einmal nach seinem Schwanz. Sie versuchte, ihn erneut steifzublasen. Als sie jedoch feststellte, dass ihr das nicht gelang, ließ sie wieder von ihm ab. Auch Steffen machte keine Anstalten, sich aktiv an der Nummer zu beteiligen. Aber sein vollends eingefallener Schwanz verriet auch sehr deutlich, dass er dazu jetzt auch nur begrenzt in der Lage gewesen wäre. Ein bisschen Erholungszeit brauchte schließlich sogar er.

„Lara hat sich vorgenommen, heute Nacht mit allen anwesenden Männern zu vögeln", sagte Holger leise, als er sich nun doch zu uns gesellt hatte.

„Den Eindruck hat man", entgegnete ich. „Das will sie wirklich umsetzen?"

„Sie versucht es zumindest", bestätigte Holger mit einem lüsternen Grinsen. „Es wäre ein neuer Rekord für sie."

Ein Rekord? Offenbar war dieser Plan seiner Frau auch für ihn eine spannende Sache. Bei so einer Party war ein mehrfacher Partnertausch ja durchaus normal. Auch ich hatte an diesem Abend ja bereits zwei fremde Schwänze in mir gehabt, ebenso Daniela. Annika sogar drei. Aber alle 16, die hier theoretisch zur Verfügung standen? Das klang für mich doch ein bisschen sehr heftig – wenngleich ich natürlich wusste, dass es manche Frauen in der Swingerszene prickte, derartige Fickrekorde aufzustellen. Und da ging es zuweilen noch um ganz andere Zahlen. Das war allerdings nicht meine Welt. Die von Lara offenbar schon. Eigentlich hätte ich sie nicht zu solchen Hardcore-Swingern gezählt. Aber was hieß schon Hardcore-Swinger? Ging ich manchmal vielleicht etwas naiv an die ganze Sache heran?

Dabei empfand ich dieses Verhalten auch als ziemlich egoistisch. Lara hatte mit ihrem Gastgeberin-Spruch Daniela und Steffen vom Vögeln abgehalten und die Nummer von Annika und Florian auf die gleiche Weise brachial unterbrochen. Auch ich hätte mir vorstellen können, hier und jetzt noch etwas mit Florian anzufangen. Aber Lara hatte alle Männer in Beschlag genommen.

„16 sind aber ziemlich viele", sagte ich leise zu Holger.

„Zu viel gibt es für meine Frau nicht", entgegnete er. „Und wenn sie ihre Plan umsetzen will, dann muss sie das machen, solange alle noch können."

Das war wohl so. Im Laufe einer solchen Nacht ließ die männliche Standfestigkeit auch bei den potentesten Männern irgendwann nach. Auch Holgers Schwanz war trotz des heißen Anblicks, den seine Frau da auf dem Bett bot, in einem völligen Ruhemodus – ebenso wie der von Steffen. Auch wenn ich mir sehr sicher war, dass sich das zumindest bei meinem Mann auch wieder ändern würde.

„Ich glaube, ich werde mal nach Marcel schauen", flüsterte Annika mir zu.

Ja, wo war ihr Freund eigentlich geblieben? Seit der Slipverlosung hatte ich ihn nicht mehr gesehen. Ich war ja durchaus neugierig, ob der schüchtern wirkende junge Mann auch so voll in die Party eingetaucht war wie seine Freundin.

„Wenn du magst, komme ich mit", sagte ich deshalb leise zu ihr – und erhielt dafür ein freudiges Lächeln.

Ich stand auf, überließ Daniela den Sessel allein und gab Steffen ein Handzeichen, dass wir gehen würden. Er nickte, blieb aber wo er war. Auch okay dachte ich. Gemeinsam mit Annika verließ ich das Schlafzimmer.

Fremde Augen und süßer Nachtisch: Sex im Vorübergehen

In den Räumen im ersten Stock herrschte jetzt eher Ruhe. Wir schauten in die beiden Kinderzimmer, eins war leer, in dem anderen entdeckten wir ein Paar, das offenbar die Zärtlichkeit nach dem Sex genoss. Die beiden hatten sich eng aneinander gekuschelt und beachteten uns nicht weiter. Auch in Holgers Arbeitszimmer, das sich hier auf dieser Etage befand, war niemand. Nur das ausgeklappte Sofa und zwei leere Kondomverpackungen daneben verrieten, was hier vor Kurzem noch stattgefunden hatte.

Annika und ich gingen die Wendeltreppe nach oben ins Dachgeschoss. Unsere Gastgeber hatten den großen, offenen Raum mit mehreren einfachen Schaumstoffmatratzen ausgelegt und so in eine Spielwiese verwandelt – auch wenn man dem Dachboden ansah, dass er normalerweise ganz anders genutzt wurde. An einer Seite stand ein großer Kleiderschrank, daneben eine Kommode, ein Sessel und ein paar Kisten. Ansonsten war der Raum fast leer – abgesehen von dem Matratzenlager mit diversen Kissen darauf.

In einer Ecke entdeckten wir ein vögelndes Paar. Der Mann lag auf der Frau und nahm sie in der Missio. Die beiden waren dabei sehr ruhig, nicht ekstatisch, sondern zelebrierten ihren Sex eher zärtlichgenießerisch. Wir sahen ein wenig zu – bis wir in einer anderen Ecke tatsächlich Annikas Freund entdeckten.

Er lag neben einer Frau und streichelte sehr behutsam ihre Schulter und ihre Brüste. Da er uns den Rücken zuwandte, hatte er uns sicherlich noch nicht bemerkt. Wir gingen etwas näher heran, aber weder nahm er Notiz von uns noch tat die Frau das. Neben den beiden lag ein roter Damenslip. War das vielleicht Marcels erste Begegnung an diesem Abend? Das konnte ich mir angesichts der nun doch schon etwas fortgeschrittenen Uhrzeit eigentlich kaum vorstellen. Aber wer wusste das schon. Vielleicht hatten die zwei nach der Sliplotterie erst noch eine ausgiebige Smalltalkphase gehabt.

„Wie weit möchtest du denn gehen?", fragte Marcel die Frau in diesem Moment.

„Naja, wenn du ein Kondom hast, dann können wir es gern richtig tun", entgegnete sie, während sie seinen steifen Schwanz streichelte.

Natürlich hatte er ein Kondom. Die lagen überall herum – mittlerweile nicht mehr nur in den kleinen Kästchen. Marcel musste nur kurz zur Seite greifen.

Auch dabei bemerkte er uns noch immer nicht. Er riss die Verpackung auf und zog sich ein Gummi über den Schwanz – wofür er relativ lange brauchte, wie ich fand. Offenbar hatte er damit noch nicht so richtig viel Übung.

„Welche Stellung magst du denn gern?", fragte er.

„Da bin ich nicht so festgelegt", erwiderte sie.

„Aber ich möchte gern, dass es so wird, wie du es gern hättest", sagte er unsicher.

Annika und ich schauten uns an. Sie verdrehte ebenso die Augen wie ich. Mensch Junge, fick sie endlich, rief die Erotikfee in mir. So wie diese Frau da lag: auf dem Rücken und mit geöffneten Beinen – da konnte es doch nicht den geringsten Zweifel geben, was sie wollte! Manche Männer verstanden nicht einmal die allerdeutlichste Körpersprache. Und selbst wenn er Zweifel über ihre Lieblingsstellung haben sollte: Was machte das schon? Sie wollte gefickt werden. Das war das Entscheidende. Das konnte doch selbst er nicht übersehen.

„Ich glaube, mein Freund braucht ein bisschen Hilfe", flüsterte Annika.

Da war ich mir zwar nicht so sicher, aber ich nickte nur und sah zu, wie sie sich zu den beiden gesellte. Marcels Blick verriet Erstaunen, als er seine Freundin bemerkte, aber die Augen der anderen Frau signalisierten ein deutliches Willkommen.

Ich beschloss, die drei allein zu lassen und wieder nach unten zu gehen. Auf dem Weg zur Treppe, kam mir ein nackter Mann entgegen, der mir am Nachmittag schon mehrfach im Garten aufgefallen war, mit dem ich aber noch nicht gesprochen hatte. Er besaß die Figur eines Zehnkämpfers, hatte blonde Haare, ein kantiges Gesicht und blaue Augen – aber ein Blauton, der ins Grünliche spielte. Das waren Augen, die mich interessierten.

Es hätte mich nicht gewundert, wenn der Mann mich auf Schwedisch oder Norwegisch angesprochen hätte. In die Gegend jedenfalls hätte ich ihn eingeordnet, wenn wir hier Nationalitätenraten gespielt hätten. Aber er sagte kein Wort – ebenso wenig wie ich. Allerdings blieben wir voreinander stehen und sahen uns an – gewissermaßen von blauen Augen zu blauen Augen. Ich hatte keine Ahnung, wie lange wir da so standen, aber irgendwann spürte ich seine Hände, die sich auf meinen Po legten. Er zog mich an sich heran, und ich spürte seinen muskulösen Körper. Während er meine Pobacken massierte, nahm ich auch seinen wachsenden Schwanz wahr, der sich gegen meinen Bauch drückte. Es gefiel mir, dass ich ihn offensichtlich erregte.

Ich bekam Lust auf diesen Schwanz und ging in die Hocke. Ohne meine üblichen Spielereien wie Streicheln, Anpusten oder sanftes Lecken nahm ich ihn sofort und tief in den Mund. Ich hätte später nicht mehr sagen können, ob er frisch gewaschen oder nach Gummi oder nach einer anderen Muschi schmeckte: Es wäre mir in diesem Augenblick auch ziemlich egal gewesen. Ich wollte ihn blasen, und genau das tat ich. Dass er dabei vollends steif wurde, empfand ich als

Kompliment. Mit deinem Mund hast du doch bisher jeden Schwanz steif bekommen, lächelte meine Erotikfee. Ganz unrecht hatte sie damit nicht. Naja, so ziemlich jedenfalls.

Der Mann legte seine Hände auf meinen Kopf und hielt mich fest, während er sich mir entgegendrückte. Eigentlich blies ich ihn weniger, als dass er mich in den Mund fickte. Er übernahm die Kontrolle über meine Mundmusik, aber ich fand das geil. Ein Mann, der wusste, was er wollte und das auch tat.

Irgendwann zog er mich wieder zu sich herauf. Er sah mir tief in die Augen und küsste mich. Dass sein steifer Schwanz, der sich dabei gegen mich drückte, nicht allzu weit von meiner Muschi entfernt war, erregte mich. Er spielte ein bisschen mit der Situation, bewegte sich ganz leicht, sodass er noch ein bisschen näher herankam. Er ging sogar etwas in die Knie. Vermutlich hätte ich jetzt einfach nur meine Beine öffnen müssen, und er hätte mich einfach so nehmen können. Allerdings öffnete ich sie nicht, sondern schloss sie. Ohne Kondom kam das auf keinen Fall infrage – egal wie erregt ich in diesem Augenblick auch war.

Als er das bemerkte, grinste er mich an, packte mich an den Hüften und setzte mich auf die kleine Kommode, die hinter mir stand. Sofort kniete er vor mir, tauchte mit seinem Kopf zwischen meine Oberschenkel und versenkte seine Zunge dort, wo sein Schwanz soeben nicht hingedurft hatte. Ob er mich wohl wirklich ohne Kondom hatte ficken wollen? Ich wusste, dass so etwas in Swingerkreisen auch immer wieder mit fremden Partnern passierte. Auch wir hatten das schon getan – allerdings nur mit einem Paar, das wir bereits lange und gut kannten, und mit dem wir das exklusiv so machten. Dachten wir jedenfalls.

Ich beschloss, dass dieser Mann mit der Situation nur gespielt hatte. Das hatte ich ja auch, und empfand das als ausgesprochen prickelnd. Meine Nachdenklichkeit verschwand wieder – seine gefühlvolle Zunge leckte sie ganz einfach weg. Als er mir auch noch einen und dann zwei Finger tief in die Muschi steckte, dauerte es nicht mehr lange, bis ich dieses wundervolle Zittern vernahm, das den Höhepunkt ankündigte. Nur Sekunden später kam ich. Ich blieb ganz still dabei, aber ich verkrampfte mich und der Orgasmus schüttelte meinen ganzen Körper. Bis ich es einfach nicht mehr aushalten konnte und ich seinen Kopf festhielt.

Während ich versuchte, meinen Atem wieder zu beruhigen, sah ich zu, wie er ein Kondom aus einem der Kästchen in der Nähe holte. Rasch verpackte er seinen Schwanz und stand dann wieder zwischen meinen Beinen, die ich weit für ihn öffnete. Dieser Sitzplatz auf der Kommode war zwar nicht sonderlich bequem, aber das war mir jetzt egal. Der Mann sollte mich ficken. Und das tat er auch.

Er stieß von Anfang an tief und mit hohem Tempo in mich. Er war offensichtlich ebenso erregt wie ich. Während er mich nahm, hielt er mit einer Hand meinen Po fest, mit der anderen massierte er meine Brüste. Ich konnte nicht anders, als meine Hand selbst in meinen Schoß zu legen und meinen Kitzler zu streicheln. Es dauerte nicht lange, und ich kam erneut. Dieses Mal war ich lauter. Aber wohl nur etwas.

Der Mann zog mich von der Kommode, drückte mich auf den Boden und ich fand mich auf den Knien vor ihm wieder. Er zog sich das Gummi vom Schwanz und stieß ihn mir erneut in den Mund. Ich blies ihn, nahm auch meine Hand zu Hilfe, doch als ich das verräterische Zucken wahrnahm entließ ich ihn wieder an die Luft. Er packte mich, und versuchte ihn mir erneut in den Mund zu stecken, was ihm aber nicht gelang. Er nahm seinen Schwanz selbst in die Hand und nur wenige Sekunden später sprudelte sein Sperma heraus. Das meiste bekam ich ins Gesicht und in die Haare, ein wenig tropfte auch auf meine Brüste. Vor allem in die Haare fand ich nicht so toll. Das klebte immer seltsam. Glücklicherweise hatte ich rechtzeitig die Augen geschlossen, sodass da zumindest nichts hineingekommen war.

Tja, murmelte die Realistin in mir, so ist das mit Männern, die einfach tun, was sie wollen. Meine Erotikfee schwieg. Trotzdem war es geil gewesen – auch wenn ich das Gefühl hatte, benutzt worden zu sein. Aber selbst dieser Gedanke erregte mich.

Der Blonde sah mich schweigend an, während sein Atem wieder ruhiger wurde. Jetzt müsste er eigentlich mal ein Wort sagen, wenn er nicht stumm war. Oder sollte ich ein Gespräch beginnen? Bevor ich mich dazu entschließen konnte, wandte er sich wortlos ab und ging die Treppe hinunter. Erst als er unten war, hörte ich seine Stimme, die zu irgendjemandem sagte:

„Ach hier bist du. Ich habe dich gesucht."

Eine weibliche Stimme entgegnete irgendetwas, das ich aber nicht verstehen konnte.

Aha, dachte ich. Stumm war er also nicht. Und jetzt hatte er vermutlich seine Frau entdeckt. Dass er soeben einen Fremdfick erlebt hatte, schien für ihn wohl nicht weiter erwähnenswert seiner Partnerin gegenüber. Ich versuchte mich zu erinnern, wer am Nachmittag an seiner Seite gewesen war. Aber ich konnte da niemanden mit ihm zusammenbringen.

Mein Blick fiel auf Annika und Marcel, die mich ansahen. Seit wann hatten sie mir denn zugesehen? Ich wischte mir das Sperma aus dem Gesicht und zuckte mit einem möglichst unschuldigen Blick die Achseln. Beide zuckten zurück, sagten aber kein Wort. Irgendwie hatte es hier oben offenbar allen die Sprache verschlagen.

Ich musste dringend duschen. Glücklicherweise gab es auch auf dieser Ebene ein kleines Bad – und erfreulicherweise war es gerade frei.

Ich ließ das Wasser über meinen Körper laufen, spülte mir das fremde Sperma von der Haut und wusch meine Muschi. Drei, dachte ich, während ich die Finger durch meine Spalte gleiten ließ. Das war jetzt mein dritter Fremdfick an diesem Abend gewesen. Unwillkürlich hatte auch ich angefangen, meine Lover zu zählen. Laras Rekordversuch blieb nicht ganz ohne Wirkung auf mich. Ob es wohl noch mehr werden würden im Laufe der Nacht? Natürlich werden es noch mehr, grinste meine Erotikfee. Allerdings fand ich auch drei schon nicht ganz wenig während einer einzigen Party. Ich nahm mir vor, dass es zumindest nicht 16 werden sollten. Lara nacheifern wollte ich jedenfalls nicht. Aber das wäre ohnehin recht unrealistisch – selbst wenn ich das gewollt hätte. Was aber definitiv nicht der Fall war.

Als ich wieder in den ersten Stock zurückkam, hörte ich deutliche Geräusche aus dem Schlafzimmer. Leise öffnete ich die Tür und schaute hinein. Auf dem Doppelbett vergnügten sich zwei Paare miteinander, aber es war niemand von denen dabei, die ich hier vorhin zurückgelassen hatte. Wie lange war ich eigentlich auf dem Dachboden und im Bad dort gewesen? Ich hätte es nicht sagen können. Mein Zeitgefühl hatte sich mittlerweile ziemlich verflüchtigt. War es elf Uhr? Oder schon drei Uhr? Ich hatte keine Ahnung, und es war mir auch egal.

Einer der beiden Männer auf dem Doppelbett bemerkte mich, lächelte mir zu und machte eine einladende Handbewegung. Ich lächelte zurück, deutete ein Kopfschütteln an und verließ das Schlafzimmer. Ich kam an dem Kinderzimmer vorbei, in dem mein Vierer mit Daniela stattgefunden hatte. Die Tür war nur angelehnt.

„Du wirst doch der Gastgeberin keinen Korb geben wollen?", hörte ich drinnen Laras Stimme.

Aha, dachte ich und ging Richtung Treppe, die ins Erdgeschoss führte. Ich hatte das große Bedürfnis, in all dem Durcheinander hier meinen Mann zu finden. Dass wir uns bei so einer Party mal für eine Weile abhandenkamen, konnte vorkommen. Aber wir fanden uns normalerweise rasch wieder. An diesem Abend hatten wir uns nun schon zweimal aus den Augen verloren. Das wollte ich eigentlich nicht gern allzu sehr ausdehnen.

Kurz vor der Treppe kam mir eine Frau entgegen, die sich in der nachmittäglichen Smalltalkrunde an dem leicht abstrusen Swinger-Mörder-Kannibalen-Gespräch beteiligt hatte. Sie trug noch immer ihre gelbe Bluse – mehr allerdings nicht. Auch nicht darunter. Und die Bluse stand komplett offen. Ihre schönen Brüste, die der Stoff einrahmte, wippten ein wenig bei jedem Schritt. Sie waren mittelgroß und wunderschön rund. Für einen Moment blieben wir voreinander stehen und lächelten uns an. Am liebsten hätte ich sie angefasst, aber das wäre jetzt doch sehr unvermittelt gewesen, wandte die Mahnerin in mir ein – ungeachtet der Tatsache, dass ich kurz zuvor auf dem Dachboden ganz genau so eine unvermittelte Begegnung erlebt hatte. Merkwürdigerweise zögerte ich dieser Frau gegenüber jedoch – anders als sie. Sie umarmte mich, küsste meinen Hals, ließ ihre Hände auf meinen Po wandern und drückte sich an mich. Dann küsste sie mich richtig.

„Du bist ja doch keine Kannibalin", sagte sie anschließend mit leichtem Grinsen.

„Aber du bist eine Swingerin", entgegnete ich.

„So eine Überraschung aber auch", erwiderte sie.

Im nächsten Moment hatte sie sich auch schon wieder von mir gelöst und ging weiter. Was war das denn? Spontaner Körperkontakt im Vorübergehen, stellte meine Erotikfee fest. Eigentlich hätte mich so etwas nach der Begegnung mit dem blonden Mann auf dem Dachboden nicht mehr sonderlich erstaunen dürfen. Das hier war wohl so etwas wie eine Jeder-mit-jedem-Party. Zumindest fiel es wesentlich leichter, sich auf Menschen einzulassen, mit denen man schon eine Weile unverbindlich geplaudert hatte, was am Nachmittag ja ausgiebig der Fall gewesen war. Auch das unterschied so eine Hausparty vom Swingerclub. Obwohl es auch hier viele unbekannte Menschen gab, war es dennoch viel persönlicher.

Ich drehte mich noch einmal kurz nach der Fremden um. Sie hatte nicht nur einen schönen Busen, sondern auch einen tollen Po – obgleich der von ihrer gelben Bluse halb bedeckt und nicht komplett zu sehen war. Aber vielleicht wirkte er dadurch umso erotischer.

Nun wollte ich aber wirklich wissen, wo Steffen steckte.

Ich entdeckte ihn im Wohnzimmer. Er stand an der gleichen Stelle am Esstisch, an der er am späten Nachmittag mit der langbeinigen Bea geflirtet hatte. Auch sie war hier. Der Unterschied war nur, dass sie nun beide nackt waren und sie nicht auf dem Tisch saß, sondern darauf lag – während mein Liebster zwischen ihren angewinkelten Beinen stand und sie mit kräftigen Stößen nahm. Hier also steckte er – im wahrsten Sinne des Wortes, wie die Kalauer-Prinzessin in mir anmerkte.

Mehr noch als die zwei zog allerdings der Mann an der anderen Seite des Tisches meinen Blick auf sich. Es war mein wortloser Lover vom Dachboden, dessen Schwanz nun in Beas Mund steckte. Jetzt fiel es mir wieder ein: Er war der Partner dieser Frau, die mein Mann gerade so hingebungsvoll beglückte. Sieh einer an, lächelte meine Erotikfee: Dein Liebster kann ja schon wieder. Das war allerdings typisch für ihn und solche Partys: neue Partnerin, neue Erregung. Schade nur für Daniela, die in diesem Moment wer weiß wo war.

Ich setzte mich ins Sofa, zwinkerte Steffen zu und begnügte mich ansonsten mit der Zuschauerrolle. Dachte ich jedenfalls. Doch nach einer Minute setzte sich ein Mann zu mir, eine halbe Minute später ein zweiter. Eigentlich hätte ich es jetzt vorgezogen, lediglich dem Treiben am Esstisch zuzusehen und mich ansonsten auch mal etwas auszuruhen. Aber als die beiden Männer, in deren Mitte ich nun saß, an mir herumzufummeln begannen, ließ ich es zu. Allein schon deshalb, weil sie beide durchaus in mein Beuteschema passten. Der eine mehr, der andere so halbwegs.

Als einer der Männer meine Muschi streicheln wollte, öffnete ich die Beine – wobei mir sehr bewusst war, dass der Blonde am Esstisch damit einen deutlichen Blick in meinen Schoß erhielt. Der Gedanke gefiel mir beinahe mehr als das, was die beiden Männer mit mir anstellten. Dabei waren auch deren Berührungen ziemlich prickelnd. Der eine streichelte meine Brüste, der andere hatte seine Finger in meinem Schoß. Schon wieder Sex im Vorübergehen, schmunzelte meine Erotikfee. Vorübergehen? Naja, zumindest saß ich dieses Mal dabei.

Allerdings blieben die beiden Männer nicht allzu lange sitzen. Der eine kniete sich bald vor das Sofa, tauchte zwischen meine Beine und setzte mit der Zunge fort, was seine Finger zuvor begonnen hatten. Der andere stellte sich vor mich und bot mir seinen Schwanz an. Er war nur halb steif – was sich in meinem Mund aber allmählich änderte. Der Mann in meinem Schoß machte seine Sache gut. Er lecke intensiv, aber nicht zu heftig.

Dass unser Sofa-Dreier die Aufmerksamkeit beider Männer am Esstisch auf sich zog, gefiel mir. Ich mochte es schon immer, wenn Steffen und ich uns beim Partnertausch gegenseitig zusahen. Durch den Blick in seine Augen fühlte ich mich mit meinem Mann verbunden. Alles was wir hier taten, war unser gemeinsamer Sex – ungeachtet der Tatsache, dass Steffen in diesem Moment eine andere Frau fickte und ich einen fremden Schwanz im Mund hatte und zudem ein weiterer Mann mich mit seiner Zunge verwöhnte. Es war Partnertausch, es war Gruppensex – aber es war unser Sex.

Dass auch der Blonde, der sich auf dem Dachboden so wortlos von mir verabschiedet hatte, mit großen Augen zu uns sah, war ein kleiner Zusatzkick. Ich konnte erkennen, dass sein Schwanz im Mund seiner Frau allerdings nicht allzu steif war.

Im Gegensatz zu dem, was ich im Mund hatte. Das fühlte sich inzwischen hart und geil an. Ich blies und unterstützte das auch mit einer Hand. Ich bemerkte, wie sehr dem Mann das gefiel. Als sein Schwanz zu zucken begann, war ich für eine Sekunde unschlüssig. Ich schielte mit einem Auge zu dem Blonden am Esstisch und stellte fest, dass er mich fest im Blick hatte. Daraufhin brach ich mein Blasen nicht ab, sondern brachte es zum Ende. Ich war erstaunt, welche Menge der Mann in meinen Mund spritzte. Angesicht der fortgeschrittenen Stunde war das doch sehr wahrscheinlich nicht sein erster Höhepunkt.

Ich war versucht, den Mund zu öffnen und es herauslaufen zu lassen. Die Teufelin in mir versuchte, mich dazu aufzustacheln: Zeig dem Blonden, dass du dir von diesem Mann in den Mund hast spritzen lassen – und von ihm nicht. Doch ich hatte den Eindruck, dass dann wohl auch einiges von dem fremden Sperma in meinem Schoß landen würde. Und das wollte ich nicht. Also schluckte ich es. Vermutlich bekam der Blonde auch so mit, was ich tat.

Auch dem Mann zwischen meinen Beinen war das nicht entgangen. Er stand jetzt auf – leider ohne mich zu einem Höhepunkt geleckt zu haben. Er stellte sich ebenso vor mich wie zuvor der andere Mann und bot mir ebenfalls seinen Schwanz an. Der andere trat freundlich zur Seite und verschwand dann ganz aus meinem Blickfeld.

Och nö, dachte ich. Nur weil ich einen Mann mit dem Mund befriedige, muss das doch nicht automatisch bedeuten, dass ich das mit jedem mache. Mein

Appetit auf fremdes Sperma war in diesem Moment jedenfalls erst einmal gestillt.

Glücklicherweise erlöste Lara mich aus der Situation. Sie kam zu uns ans Sofa, schmiegte sich von hinten an den Mann, der vor mir stand und flüsterte ihm etwas ins Ohr. Ich konnte nicht genau verstehen, was sie sagte. Irgendetwas von Gastgeberinnen und Körben. Aha. Kurz darauf saß sie neben mir im Sofa und der Mann hatte ein Kondom über dem Schwanz. Als er sie zu ficken begann, stand ich auf und ging zum Esstisch.

Ich kam gerade noch rechtzeitig, um Steffens Orgasmus in der langbeinigen Bea mitzuerleben. Ich schmiegte mich seitlich an meinen Mann und sah zu, wie seine Bewegungen ruckhaft und verkrampft wurden, bis sie schließlich völlig erstarben. Für einen Moment blieb Steffen noch in ihr, dann zog er seinen Schwanz heraus.

„Na, hat er es gut gemacht?", fragte ich Bea.

„Jaaaaaaaaa", entgegnete sie und strahlte mich an.

Der Gesichtsausdruck hätte eigentlich gereicht für die Bestätigung. Ich sah ihr an, dass sie befriedigt war. Und offenbar hatte sie auch nicht weiter mitbekommen, dass ich ihre beiden Lover mit meinem Dreier im Sofa etwas abgelenkt hatte. Ich versuchte ihrem Mann zuzuzwinkern, aber er sah an mir vorbei und hatte offenbar unsere Gastgeberin Lara und ihre Nummer im Sofa im Blick. Was ihn aber alles nicht sonderlich zu erregen schien. Jedenfalls war sein Schwanz noch immer nicht allzu steif. Und ich hatte auch nicht den Eindruck, dass er beim Blowjob seiner Frau gekommen war. Er ist immer noch erschöpft von der Dachboden-Nummer mit dir, grinste meine Erotikfee. Das konnte natürlich durchaus sein. Aber warum wich er jetzt ständig meinem Blick aus? Etwa weil ich ihn nicht bis zum Ende geblasen hatte? Wer wusste schon, was im Kopf eines Mannes beim Sex vor sich ging. Vermutlich gar nichts, murmelte meine Realistin.

Steffen und ich gingen in die Küche. Ich hatte Hunger und wollte sehen, ob noch etwas vom Abendessen da war. Und vor allem musste ich dringend etwas trinken. Nach dem dritten Glas Wasser hatte ich das Gefühl, wieder einigermaßen aufgefüllt zu sein und griff schließlich doch zu dem kalten Weißwein, den Steffen mir gleich hatten einschenken wollen.

„Hast du gar nichts getrunken seit dem Abendessen?", fragte er verwundert.

„Nein, ich bin einfach nicht dazu gekommen."

„Ständig Sex, hm?", grinste er.

Ich grinste zurück und zuckte nur mit beiden Schultern. Was er wohl als Bestätigung auffasste. Und so falsch war seine Bemerkung ja auch nicht gewesen.

„Mit wie vielen hast du es denn getrieben?", wollte mein Liebster wissen.

„Naja kommt drauf an, wie du es zählen willst. Mit den beiden eben im Sofa waren es fünf. Jedenfalls fünf Männer. Wenn ich die kleinen Zärtlichkeiten mit Annika und Daniela mitrechne, waren es sieben. Nein warte: Eigentlich sogar acht. Aber richtig gefickt habe ich nur mit drei Männern."

„Nur drei?", fragte Steffen zurück und betonte dabei das Nur. „Du bist eine Nymphomanin."

„Kann schon sein, aber das findest du doch gut", entgegnete ich. „Wie viele Frauen hattest du denn heute schon?"

„Auch drei. Bea eben war die dritte."

„Aha", sagte ich nur und wir grinsten uns gegenseitig an.

„Das waren alles sehr spannende Begegnungen."

„Wessen Slip hattest du denn gezogen?", wollte ich wissen.

„Den von der kleinen Rothaarigen, die du am Nachmittag als höchstwahrscheinlich Normalo eingestuft hattest."

„So kann man sich irren."

„Na ein Glück. Die war wirklich süß."

„Wo habt ihr es getrieben?"

„Oben auf dem Dachboden. Das ist ein toller Raum."

„Ja, ich weiß", entgegnete ich, ohne weitere Einzelheiten zu nennen.

„Und soll dein Mann dich jetzt noch mal ficken?", fragte Steffen und begann, meine Muschi zu befingern.

„Womit?", entgegnete ich und griff zu seinem völlig eingefallenen Schwanz.

Erneut grinsten wir uns an. Natürlich wussten wir beide, dass mein Liebster nach seinem dritten Höhepunkt des Abends nun erst einmal ein wenig Ruhe brauchte – so sehr er es auch liebte, mit mir zu schlafen, nachdem ein anderer Mann dies zuvor getan hatte. Oder, wie heute, sogar mehrere. Auch ich empfand den Sex mit ihm immer als besonders erregend, wenn wir es zuvor mit anderen Partnern getan hatten.

„Der kommt schon nochmal", sagte Steffen selbstbewusst.

Daran hatte ich keinen Zweifel. In einer langen Swingernacht hatte ich schon mehrfach erlebt, dass mein Mann erstaunlich oft konnte. Und um ihm das zu bestätigen, ging ich vor ihm in die Hocke und nahm seinen schlaffen Schwanz in den Mund. Er schmeckte nach Sperma und Gummi, aber er zeigte keine Reaktion auf meine Liebkosungen.

„Na, was findet hier statt? Ehelicher Sex?", fragte Bea, als sie in diesem Moment in die Küche kam.

„Restenaschen", entgegnete Steffen und griff zu einer kalten Bulette.

Wir bekamen weitere Gesellschaft in der Küche. Nach Bea kamen auch Annika und ihr Freund zu uns. Vom Abendessen war noch einiges übriggeblieben, und offensichtlich waren wir nicht die einzigen, die jetzt wieder Hunger bekommen hatten. Es war wie bei einer ganz normalen Party. Wenn es in der Küche ein Buffet gab, dann war dieser Raum immer wieder ein Anziehungspunkt und es bildeten sich Smalltalk-

Grüppchen. Der Unterschied zu einer Normalo-Party war nur, dass wir alle komplett nackt waren. Etwas später gesellten sich auch Lara und Holger zu uns. Sie nahm ein Stück Küchenrolle und wischte sich den Mund ab – was auch immer sie damit wegwischte.

„Na, was macht dein Projekt?" fragte ich sie.

„Ich arbeite daran", entgegnete sie mit einem vielsagenden Lächeln.

„Und wird es klappen?"

„Weiß ich noch nicht. Aber ich würde sagen: Ich bin auf einem guten Weg."

Steffen schaute irritiert zwischen Lara und mir hin und her. Offenbar hatte er noch nicht mitbekommen, dass Lara sich vorgenommen hatte, in dieser Nacht mit allen anwesenden Männern zu vögeln – ungeachtet der Umstände, wie sein eigener Beitrag für dieses eigenwillige Projekt zustande gekommen war. Ob wohl auch Annikas Freund in der Hinsicht schon aktiv geworden war? Mein Blick wechselte zwischen Lara und Marcel hin und her, aber ich konnte nichts wahrnehmen, was mir da irgendwelche Hinweise gegeben hätte.

Statt zu spekulieren stellte ich mein Weinglas ab, nahm Lara ihr Wasserglas aus der Hand, stellte es ebenfalls zur Seite, und umarmte sie. Offensichtlich war sie überrascht davon. Sie ließ sich zwar von mir küssen, schaute mich dann aber irritiert an – und ließ sich nicht wirklich auf mich ein.

„Die Gastgeberin wird mir doch wohl keinen Korb geben wollen?", fragte ich provozierend.

Jetzt musste sie lachen. Irgendwie fühlte sie sich wohl ertappt. Zu mehr führte unser kleines Geplänkel aber nicht. Genau genommen hatte sie mir jetzt tatsächlich einen Korb gegeben. Aber das war schon okay. So ganz ernst hatte ich meine kleine Zärtlichkeitsoffensive ohnehin nicht gemeint.

„Ich hätte ja noch Lust auf einen süßen Nachtisch", sagte Annika und betrachtete die Reste des Abendessens.

Steffen schaute grinsend an sich herunter. Ich wusste genau, was ihm durch den Kopf ging.

„Nein", sagte ich zu ihm. „So süß ist er nicht."

„Süßer Nachtisch!", sagte Lara plötzlich und schlug sich vor die Stirn. „Ich habe ja völlig die Mitternachtstorte vergessen!"

Mein Blick fiel auf die Uhr am Herd. Ja, Mitternacht war längst vorüber. Aber was für eine Torte meinte sie? Auch ihr Mann schaute sie verwundert an.

Lara verschwand und kam kurz darauf mit einem großen Karton zurück. Wir alle blickten neugierig auf die Verpackung.

„Eine ganz besondere Torte für einen ganz besonderen Geburtstag eines ganz besonderen Mannes", sagte sie mit weicher Stimme und gab ihrem Mann einen innigen Kuss.

Anschließend packte sie das Prachtstück aus. In der Tat – das war ein besonderer Kuchen, der da zum Vorschein kam. Es war eine große Torte mit einem hellen Marzipanmantel und kleinen Sahneverzierungen am Rand. Allerdings war es eine ganz andere Verzierung in der Mitte des Kuchens, die unsere Blicke auf sich zog. Da hatte tatsächlich jemand einen erigierten Penis aus rosa Marzipan quer über den Kuchen drapiert.

„Ich habe von zwei Bäckern eine Abfuhr bekommen. Erst der dritte wollte das anfertigen", schmunzelte Lara. „Und der wollte auch noch das Versprechen, dass ich niemandem sage, wer die Torte gemacht hat."

Holger war sichtlich angetan von der kleinen Überraschung, die seine Frau vor ihm im Keller versteckt hatte. Er schnitt den Kuchen an und verteilte an alle Anwesenden kleine Stücke davon. Die Torte war mir eigentlich zu süß, und ich hatte kurz zuvor von einigen herzhaften Dingen genascht, sodass ich bereits recht satt war. Trotzdem aß ich den Kuchen – schließlich wollte ich nicht unhöflich erscheinen. Oder dem Gastgeber einen Korb geben. Außerdem hatte mein Tortenstück auch einen Teil des Marzipanpenis' abbekommen. So etwas verschmähte man ja schließlich nicht.

Offenbar sprach es sich herum, dass es in der Küche etwas Neues gab. Jedenfalls füllte sich der Raum zunehmend mit weiteren Nackten, weshalb Steffen und ich es vorzogen, ihn wieder zu verlassen – obgleich der nun kaum zu vermeidende Hautkontakt mit anderen Menschen durchaus seinen Reiz hatte. Aber hier war die Küche – und nach mehr als ein bisschen Spielerei stand mir in dieser Umgebung dann doch nicht der Sinn.

Auch Lara und Holger gingen zurück ins Wohnzimmer. Ihr Blick war der Blick der Jägerin. Sie war noch lange nicht satt und hielt ganz offensichtlich Ausschau nach einem Schwanz, den sie noch nicht gespürt hatte in dieser Nacht. Wie viele mochten ihr wohl noch fehlen für ihr Projekt? Hatte sie selbst überhaupt noch den Überblick? Gemeinsam mit Holger ging sie zur Treppe und verschwand aus unserem Blick.

Rudelbildung mit hohem Kondomverbrauch: Viele Mitspieler

Auch Steffen und ich wanderten durch das Haus und schauten uns um – genau so, wie wir das gern im Swingerclub machten. Nur, dass die Zahl der Gäste hier natürlich überschaubarer war und wir mittlerweile fast alle schon irgendwie kannten.

Im Arbeitszimmer im Erdgeschoss sahen wir für ein paar Minuten zwei Frauen zu, die auf dem Teppich lagen und sich gegenseitig in der 69 verwöhnten. Ein Mann stand daneben und machte mit seinem Handy Fotos – was keine der beiden Frauen zu registrieren schien. Ob man auf den Bildern bei der schwachen Beleuchtung wohl überhaupt etwas erkennen konnte? Ich hoffte nur, dass niemand von mir an diesem Abend solche Bilder gemacht hatte, ohne dass ich das mitbekommen hatte. Denkbar war das ja durchaus.

Wir kamen an dem Kinderzimmer im ersten Stock vorbei, in dem mein erster Sex dieses Abends stattgefunden hatte. Ich öffnete die Tür und wir schauten hinein. Meine Bluse hing noch immer über der rosa Puppenprinzessin und versperrte ihr die Sicht. Was auch ganz gut war. Auf dem Bett lag ein Mann, der seinen Kopf zwischen den Oberschenkeln einer Frau vergraben hatte. Ich konnte in dem gedämpften Licht die Erregung im Gesicht der Frau erkennen. Vor dem Mann kniete ein weiterer Mann – mein schwarzhaariger Lover, der bei der Verlosung meinen Slip gezogen hatte. Er hatte den Schwanz des anderen Mannes im Mund und verwöhnte ihn. Sieh mal einer an, stellte meine Erotikfee fest. Ein Bi-Mann. Vielleicht war er vorhin deshalb so gefühlvoll, als er dich mit der Zunge verwöhnt hat.

Das konnte durchaus sein. Bi-Männer waren manchmal einfühlsamer als Heteros. Wenngleich ich da nur begrenzte Erfahrungen hatte. In der Szene gab es weitaus mehr bisexuelle Frauen als Männer, die sich zum eigenen Geschlecht hingezogen fühlten.

Als der Schwarzhaarige uns sah, zwinkerte er mir zu. Ich zwinkerte zurück und schloss leise die Tür von außen. Möglicherweise war sein Zwinkern als Einladung gemeint. Aber ganz sicher war ich mir da nicht. Dieser Dreier sah auch zu harmonisch aus, als dass ich ihn hätte stören wollen. Außerdem wusste ich nur zu gut, dass mein Liebster mit Bi-Männern nicht viel anfangen konnte. Er hatte zwar im Gewühl keine Berührungsängste, aber ansonsten war mein Mann doch sehr hetero. Anders als ich.

Wir kamen an der halb geöffneten Schlafzimmertür vorbei und schielten auch hier hinein. Auf dem Bett entdeckten wir Lara, die mit einem Paar beschäftigt war. Neben dem Bett stand Holger mit einem weiteren Mann. Unser Gastgeber drückte ihm in diesem Moment einen kleinen, bläulichen Gegenstand in die Hand – bei dem ich nicht viel Fantasie brauchte, um zu erraten, was das wohl sein mochte. Offensichtlich war auch Holger sehr bemüht, das Projekt seiner Frau zu einem Erfolg zu führen – und sei es mit Doping für die männliche Standfestigkeit.

Ich wäre neugierig gewesen, wie die Szene hier im Schlafzimmer weiterging. Aber das kleine blaue Helferlein würde sicherlich eine Weile brauchen, bis es wirkte. Auch Steffen schien keine allzu große Neigung zu verspüren, hier jetzt mitzumachen. Also zogen wir weiter. Dabei hielt ich vor allem Ausschau nach Daniela und Florian, konnte sie aber nicht entdecken.

Oben auf dem Dachboden waren zwei Paare, mit denen wir – abgesehen von ein wenig Smalltalk am Nachmittag – bisher noch keinen Kontakt gehabt hatten. Ich jedenfalls nicht, wie mir dann allerdings klar wurde:

„Das ist deine Rothaarige aus der Verlosung, oder?", flüsterte ich Steffen zu.

Er nickte nur und schaute gebannt auf das, was die beiden Paare taten. Sie lagen nebeneinander mitten auf dem großen Matratzenlager und schmusten miteinander – jeder mit seinem eigenen Partner. Ich konnte mich ganz gut erinnern, wer zu der Rothaarigen gehörte.

Nachdem durch die Sliplotterie am Beginn des Abends die Gäste komplett durchmischt worden waren, fanden sich nun mehr und mehr die eigentlichen Paare wieder zusammen – Steffen und ich ja auch. Was natürlich nicht hieß, dass es keinen Sex mehr mit anderen geben sollte. Aber viele Swinger zogen es vor, Gruppensex gemeinsam mit dem eigenen Partner zu haben. Wir ja auch.

Die Szene, die wir jetzt beobachteten, erinnerte mich an diversen Besuche in Swingerclubs: Zwei Paare lagen auf der Matte nebeneinander, und man hatte zunächst fast den Eindruck, als würden sie sich gegenseitig gar nicht weiter wahrnehmen. Was natürlich so gut wie immer ein vollkommen falscher Eindruck war. Meist registrierten alle sehr gut, was die jeweils anderen taten – bis sich dann irgendwann mal eine Hand nach nebenan verirrte. Ich fand es immer wieder spannend, wie und von wem der paarübergreifende Reigen eröffnet wurde.

Allerdings wurden wir jetzt von einem weiteren Paar abgelenkt, das ebenfalls nach oben gekommen war und neben uns stehen blieb, um den Menschen auf den Mattenlager zuzusehen. Der Mann war der gut gebaute Glatzkopf aus dem Kinderzimmer, seine Frau hatte ich seit der Verlosung nicht wahrgenommen. Aber ich wusste, es war seine Frau. Auch die beiden hatten sich also wiedergefunden.

„So sieht man sich wieder", flüsterte der Glatzkopf und lächelte mich an.

Ich erwiderte sein Lächeln mit einem Augenzwinkern – was er wohl als Einladung auffasste und ganz ungeniert eine Hand über meinen Rücken und meinen Po gleiten ließ. Ich hatte nichts dagegen. Und auch Steffen registrierte die streichelnde Hand des anderen Mannes auf meiner nackten Haut mit einem lüsternen Blick.

So entstand in unserer dunklen Ecke neben dem Treppenabgang ein kleiner Fummel-Reigen, an dem sich umgehend auch mein Liebster und die andere Frau beteiligten. Die beiden waren sich (soweit ich wusste) ja noch ganz fremd. Aber das erhöhte mit Sicherheit den Reiz. Jedenfalls für Steffen. Auch die großen Brüste der blonden Frau wirkten offensichtlich auf meinen Mann. Ich wunderte mich keineswegs, dass er seine Finger nun vor allem an der üppigen Oberweite dieser Frau hatte.

Aber auch ich tauchte nun sehr ein in diese prickelnden, wechselseitigen Berührungen zu viert. Als der andere Mann meine Muschi zu streicheln begann, griff ich nach seinem Schwanz, der bereits halbwegs steif war – ebenso wie der meines Liebsten, den ich in der anderen Hand hielt. Es war spannend und eine eher seltene Erfahrung, zwei derart große Schwänze zugleich in Händen zu halten – die nun immer härter wurden, als ich daran rieb. Was wohl auch die andere Frau bemerkte. Jedenfalls bekamen meine Finger an beiden Schwänzen Gesellschaft von ihren Händen. Daraufhin konzentrierte ich mich mehr auf den

Glatzkopf, der mich nun umarmte und küsste – was ich gern mit mir machen ließ.

Es wurde ein langer und ausgedehnter Kuss. Unsere Zungen tanzten miteinander und ich spürte die Hände des Mannes auf meinem Po. Er zog mich eng an sich und ich spürte seinen steifen Schwanz an meinem Bauch. Ich ertappte mich bei dem Wunsch, ihn erneut in mir zu spüren zu wollen.

Das wird hier deine Sexecke, grinste die Erotikfee in mir. Stimmt, schoss es mit durch den Kopf. Direkt neben uns stand die Kommode, an und auf der ich es vor einer Weile mit dem schweigsamen Blonden getan hatte. Ich hatte jetzt allerdings relativ wenig Lust, das alles im Stehen fortzusetzen. Vielleicht sollten wir uns einfach zu den anderen auf die Matten legen? Platz genug war da ja.

Als ich mich nach den anderen Paaren umschaute, stellte ich verblüfft fest, dass Steffen und die Frau des Glatzkopfes sich dort bereits niedergelassen hatten. Wann war das denn passiert? Hatte ich mit dem Mann derart lange und intensiv geknutscht, dass das an mir vorbeigegangen war? Ganz offensichtlich.

Ich nahm die Hand des Mannes und zog ihn mit auf die Matte – direkt neben meinen Mann, der in diesem Moment über dessen Frau hockte und seinen Schwanz genussvoll zwischen ihren Brüsten hin- und herbewegte. Ich gab Steffen einen kurzen Kuss, kniete mich dann neben die beiden und leckte an den Brustwarzen der Frau und damit zugleich auch immer wieder an Steffens Eichel. Dass ich dabei meinen Po in die Luft streckte und auch ein wenig bewegte, war kein Zufall.

Der Glatzkopf enttäuschte mich nicht. Schnell kniete er hinter mir. Ich konnte gerade noch meinen üblichen Kontrollgriff an seinen Schwanz legen, um festzustellen, dass er sich aus dem Kondomschälchen am Rand des Mattenlagers bedient hatte. Im nächsten Moment war er auch schon in mir.

Er nahm mich von Anfang an mit schnellen, tiefen Stößen. Offenbar war er ebenso erregt wie ich. Es fühlte sich geil an, was er mit mir tat. Dazu der Blick auf Steffens Busenfick mit seiner Frau – und direkt daneben die beiden anderen Paare, bei denen mittlerweile auch ein ziemliches Durcheinander entstanden war – ein Durcheinander, bei dem ebenfalls Kondome zum Einsatz kamen. Es war einfach eine geile Situation, wie meine Erotikfee völlig zu recht feststellte.

Zudem vermischten sich unsere beiden Vierer nun mehr und mehr zu einem Achter. Steffen griff nach einer der anderen beiden Frauen, um auch deren (ebenfalls nicht gerade kleinen) Busen zu massieren, und einer der anderen Männer griff zu meinen schaukelnden Brüsten.

Auch ich ließ eine Hand wandern und bekam einen fremden Schwanz zu fassen. Erst jetzt realisierte ich, dass der einem Mann gehörte, den ich bisher hier noch gar nicht wahrgenommen hatte. Wir hatten weiteren Zuwachs bekommen. Wie viele waren wir jetzt eigentlich? Ich hatte den Überblick verloren, und letztlich war es mir auch egal. Auch dass der Glatzkopf sich irgendwann aus mir zurückzog, um sich einer der anderen Frau zuzuwenden, war völlig okay. Statt seiner war umgehend ein anderer Mann hinter mir und nahm seinen Platz ein. Mein Kontrollgriff funktionierte zwar immer noch, aber ansonsten ließ ich mich völlig fallen in dieses Durcheinander nackter, stöhnender, schwitzender, fickender Menschen.

Mein Blick streifte den von Steffen. Er beugte sich zu mir, gab mir einen kurzen, aber heftigen Kuss, rollte sich im nächsten Moment ein Kondom über den Schwanz und nahm die Frau des Glatzkopfes in der gleichen Stellung, wie es in diesem Augenblick irgendjemand mit mir tat.

„Was für ein geiles Rudelficken!", hörte ich eine Stimme hinter mir, die ich nicht zuordnen konnte.

Den Begriff mochte ich eigentlich nicht. Ich fand Kuschelhaufen schöner – auch wenn das vermutlich eine viel zu softe Bezeichnung gewesen wäre für diesen wilden Gruppensex, der tatsächlich irgendwie an ein Rudel erinnerte. Aber wie auch immer man es nennen wollte: Es ging um das Gleiche: ein heftiges Durcheinander mit hohem Kondomverbrauch. Außerdem hatte ich in diesem Augenblick nun wirklich keinen Sinn für sprachliche Feinheiten. Ich wollte einfach nur ficken, und das tat ich auch.

Leider verlor ich so sehr den Überblick, dass ich nicht mehr so recht mitbekam, ob ein Mann beim Partnertausch auch wirklich immer das Gummi wechselte – worauf ich doch einigen Wert legte. Ich wusste, dass nicht alle Männer das so sahen. Aber auch darüber mochte ich mir jetzt keine großen Gedanken mehr machen. Ich genoss einfach das Treiben, in dem ich mich befand – auch als der nächste Stecher sich wieder verabschiedete und ich mich kurz darauf auf dem Rücken wiederfand, während die Frau, die Steffen in diesem Moment von hinten nahm, ihren Kopf zwischen meinen Beinen vergrub und mich zu einem heftigen Orgasmus leckte. Ich schrie ihn laut heraus – und ich blieb nicht die einzige, die vermutlich dem gesamten Haus auf die Weise ihren Höhepunkt mitteilte.

Kurz bevor Steffen so weit war, zog er sich aus der Frau zurück, drehte sie auf den Rücken, zog sein Kondom ab und drückte ihr seinen Schwanz abermals zwischen die vollen Brüste, die sie für ihn zusammendrückte. Er brauchte nicht lange, bis sein Sperma dazwischen hervorquoll. Trotz später Stunde und bereits mehrfacher Höhepunkte war es nicht wenig. Aber auch das überraschte mich bei meinem potenten Liebsten keineswegs.

Ich konnte nicht widerstehen, es der Frau vom Busen zu lecken und zu schlucken. Irgendwie hatte ich das Gefühl, dass das mir gehörte, und ich nahm es mir ganz einfach – was die fremde Frau mit einem wohlwollenden Lächeln quittierte und mich küsste. Wollte sie auf die Weise etwas davon zurückbekommen? Es war mir recht, und es wurde ein ausgiebiger Spermakuss.

Steffen nahm mich in den Arm, küsste mich ebenfalls, und gemeinsam lehnten wir uns gegen die Wand des großen Raumes. Wir sahen dem allmählich abklingenden Treiben zu, aus dem wir nun befriedigt ausgestiegen waren. Ich fand das wundervoll: Wir hatten beide ausgiebigen Sex mit anderen Partnern gehabt – aber wir waren gemeinsam in diese Orgie eingestiegen und hatten uns nun gemeinsam daraus zurückgezogen. Und zwischendurch hatten wir auch immer wieder kurzen Kontakt gehabt. Auf die Weise fand ich ein solches Erlebnis am schönsten: ein wildes Durcheinander, aber doch gemeinsam mit meinem Liebsten.

„Ach hier seid ihr", hörte ich kurz darauf Danielas Stimme.

Sie und ihr Mann Florian waren (wohl angelockt von den eindeutigen Geräuschen) die Treppe heraufgekommen und betrachteten die letzten Regungen des Treibens auf dem Dachboden. In ihrem Blick lag eine gewisse Enttäuschung – wenngleich auch sie in dieser orgienhaften Nacht ja nicht gerade unterversorgt geblieben war. Aber Daniela hatte sich vorhin im Schlafzimmer auf Sex mit Steffen eingestellt und war dann von Lara verdrängt worden. Dass sie viel Lust auf meinen gut gebauten Mann hatte, war unverkennbar. Möglicherweise hatte sie sich jetzt das holen wollen, was unsere Gastgeberin ihr so überraschend weggenommen hatte – und erkannte nun, dass sie abermals zu spät dran war. Meine neue Freundin sah uns sicherlich an, dass wir soeben zur Ruhe kamen und Steffen zunächst einmal nicht wieder einsatzbereit sein würde.

Sie bestätigte meine Vermutung über ihre Gefühlslage, indem sie sich zu uns setzte, ganz ungeniert zu

Steffens schlaffem Schwanz griff, damit ein paar Sekunden spielte und schließlich sagte:

„Schade."

Mein Liebster lächelte sie an, zuckte bedauernd mit den Schultern und gab ihr einen harmlosen Kuss.

„Die Nacht ist ja noch jung", entgegnete er ohne allzu viel Überzeugungskraft.

Den Satz hatte ich in den vergangenen Stunden schon mehrfach gehört. Inzwischen allerdings war er völliger Blödsinn. Draußen begann es schon wieder hell zu werden. Und trotz dieser sexgeladenen Atmosphäre hier spürte ich mehr und mehr die Müdigkeit in mir.

Wir griffen uns mehrere der leichten Decken, die unsere Gastgeber hier oben für die Übernachtungsgäste bereitgelegt hatten und suchten uns zu viert einen Platz auf dem Mattenlager. Jetzt zum Auto zu gehen und unsere eigenen mitgebrachten Decken zu holen, erschien sowohl Steffen als auch mir viel zu mühsam. Auch andere Paare gingen nahtlos vom Sex zur Nachtruhe über, wieder andere verließen den Raum. Ich vermutete, dass sich manche Geburtstagsgäste noch auf den Heimweg machen wollten – und war froh, dass ich jetzt schlafen durfte. Die Nacht war unglaublich geil gewesen – aber nun konnte ich einfach nicht mehr.

Schlafen, ja einfach nur schlafen, dachte ich. Und dann dachte ich nichts mehr weiter, sondern spürte nur noch Steffens vertrauten Körper, an den ich mich unter unserer gemeinsamen Decke ankuschelte. Über ihn hinweg blinzelte mir Daniela noch zu, dann war ich auch schon auf dem Weg ins Reich der Träume. Ich sah nur noch nackte, ineinander verschlungene Menschen und wusste nicht mehr, ob diese Bilder Traum oder Wirklichkeit war. Der Übergang war fließend.

Ich hatte keine Ahnung, ob ich 20 Minuten oder mehrere Stunden geschlafen hatte. Auf jeden Fall weigerte sich alles in mir wachzuwerden. Aber in meiner Umgebung war Unruhe entstanden, die mich am Weiterschlafen hinderte. Es war nicht laut, aber ich nahm Bewegungen wahr. Ziemlich eindeutige, rhythmische Bewegungen.

Als ich mich endlich entschloss, meine Augen ein ganz klein wenig zu öffnen, fiel mein Blick auf einen steifen Schwanz, der zwischen den Oberschenkeln einer knienden Frau verschwand, wieder zum Vorschein kam, wieder verschwand. Obwohl nichts naheliegender war als das, brauchte ich eine Weile, um zu realisieren, dass dieser Schwanz meinem Mann gehörte – und die Frau, in der er steckte, Daniela war. Manchmal erstaunte mich Steffens Potenz dann doch. Wie oft hatte er in dieser Nacht eigentlich schon gevögelt? Ich hatte keine Ahnung und war auch viel zu müde, darüber weiter nachzudenken. Es war jedenfalls oft gewesen. Das war bei mir zwar nicht anders, aber Frauen haben da ja naturgemäß einen gewissen Vorteil.

Ich blieb einfach liegen und sah Daniela und Steffen zu – bis sie irgendwann fertig waren und es wieder ruhiger wurde. Jedenfalls direkt neben mir. Die Aktion der beiden hatte aber offenbar auch andere Menschen geweckt – und motiviert. Jedenfalls sah ich, wie am anderen Ende des Matratzenlagers ebenfalls zwei Menschen zu vögeln begannen. Glücklicherweise waren sie leise und weit genug weg, sodass ich das ignorieren konnte. Als sich Steffen wieder entspannt zu mir legte, schloss ich einfach die Augen und schlief weiter. Vermutlich hatte er gar nicht bemerkt, dass ich ihm zugesehen hatte.

Fotos und Pixel: Erkenntnis beim Frühstück

Irgendwann kam insgesamt mehr Leben in den Raum, in dem es plötzlich viel heller war, wie ich feststellte, als ich gegen das Licht blinzelte. Jemand hatte die Vorhänge und auch ein Fenster geöffnet. Als ich wacher wurde, stellte ich fest, dass mehrere Menschen bereits aufgestanden waren. Jemand legte eine Decke zusammen, eine Frau zog einen Slip an, in der Toilette hörte ich die Spülung.

„Guten Morgen", hörte ich Steffens vertraute Stimme.

Sein Lächeln sah erstaunlich wach aus. Sein Gutenmorgenkuss war harmlos, aber ich fand es schön, dass er mich wachzuküssen versuchte – auch wenn die Wirkung begrenzt war. Er stand auf und ging

Richtung Toilette. Auf halbem Weg kam ihm Daniela entgegen. Die beiden blieben stehen, umarmten und küssen sich, dann setzten sie ihren jeweiligen Weg fort.

„Ich habe heute Nacht doch noch Sex mit deinem Mann gehabt", sagte sie, als sie sich zu mir setzte.

„Ich mit deinem nicht", erwiderte ich.

„Das hätte mich auch gewundert. Florian war vollkommen platt. Der wäre zu nichts mehr in der Lage gewesen."

„Das hätte ich von Steffen eigentlich auch gedacht."

„Och, der war leicht zu überzeugen. Ich habe ihm irgendwann einen geblasen, und dabei ist er schnell steif geworden. Dann hat er mich von hinten genommen."

„Ich weiß", entgegnete ich.

„Du bist wach geworden?"

„War nicht zu vermeiden."

„Oh, das tut mir leid."

„Mir nicht. Ich sehe meinem Mann gern beim Fremdfick zu. Normalerweise erregt mich das auch."

„Diesmal nicht?"

„Ach ne, dazu war ich zu müde. Offen gestanden war ich ganz froh, als ihr fertig wart und ich weiterschlafen konnte."

„Steffen hat einen tollen Schwanz", sagte Daniela und strahlte mich an.

„Ja, den hat er", bestätigte ich. „Und er weiß auch immer wieder eine Menge damit anzufangen."

Es hätte mich nicht gewundert, wenn das allgemeine Erwachen in eine Fortsetzung der nächtlichen Orgie gemündet wäre. Ich war jedoch ganz froh, dass das nicht der Fall war – allein schon deshalb, weil ich mich etwas wundgefickt fühlte. Kein Wunder nach dieser ausgedehnten Party, schmunzelte meine Erotikfee.

Auf der Toilette sah mich im Spiegel eine Frau an, die noch immer Mühe hatte, die Augen offenzuhalten. Immerhin sah ich nicht ganz so furchtbar aus, wie ich mich fühlte. Als ich zurückkam, zog sich Steffen gerade an. Ach ja, sein erster Sex des Abends hatte ja hier oben auf dem Dachboden stattgefunden. Deshalb waren seine Sachen hier. Ich musste meine erst noch wiederfinden.

Wir gingen die Bodentreppe hinunter und steuerten Hand in Hand das Kinderzimmer an – Steffen nun wieder in Oberhemd und Leinenhose, ich noch immer nackt. Ein Mann kam uns entgegen und grinste süffisant. Plötzlich kam ich mir vor wie bei einer CMNF-Party – Clothed Male, Naked Female. Bei solchen Veranstaltungen entsprach es dem Dresscode, dass der Mann angezogen und die Frau nackt war – das allerdings eher zu Beginn als zum Ende der Party.

Im Kinderzimmer befreite ich die Puppenprinzessin von meiner Bluse und zog mich an. Ich hatte den Eindruck, die Plastikaugen belegten mich mit einem strafenden Blick. Sei froh, dass du nicht alles gesehen hast, was hier in dieser Nacht passiert ist, sagte ich in Gedanken zu ihr, während ich den Raum nach gebrauchten Kondomen absuchte. Außer im Papierkorb konnte ich erfreulicherweise keine entdecken. Irgendjemand hatte wohl schon vor mir diesen Gedanken gehabt.

Unten im großen Wohnzimmer duftete es wundervoll nach Kaffee und aufgebackenen Brötchen. Wir fanden einen Platz am großen Esstisch und nach dem ersten Milchkaffee kam ich immer mehr zu mir.

Ich hatte den Eindruck, dass jetzt insgesamt weniger Menschen hier waren als noch am Vorabend. Offenbar waren einige Paare in der Nacht tatsächlich noch aufgebrochen.

Ich suchte nach den Augen, die mich in der Nacht auf dem Dachboden so fasziniert hatten. Aber mein schweigsamer Skandinavier war nirgendwo zu entdecken. Schade, dachte ich. Vielleicht hätte ich in der etwas anderen Atmosphäre des Frühstückstisches doch noch mal ein wenig mit ihm reden können. Ich hatte nicht ein einziges Wort mit ihm gesprochen, fiel mir auf. Ich hatte nur mit ihm gefickt. Das aber intensiv.

Auch Annika und Marcel konnte ich nicht entdecken. Von den beiden hätte ich mich gern verabschiedet und vielleicht auch Telefonnummern ausgetauscht. Naja, wenn auch sie ein Profil bei Joyclub hatten, dann würden wir sie sicherlich dort ausfindig machen können – notfalls mithilfe von Lara und Holger.

Unsere Gastgeberin saß uns schräg gegenüber und zwinkerte mir zu.

„Guten Morgen", sagte sie.

„Guten Morgen", erwiderte ich. „Was macht dein Projekt? Ist es gelungen?"

„Leider nicht ganz. Aber immerhin fast."

Ich fragte nicht nach, mit wie vielen Männern sie in dieser Nacht gevögelt hatte – und für einen Moment musste ich ernsthaft darüber nachdenken, mit wie vielen ich es eigentlich getan hatte. Es waren viele gewesen – aber sicherlich deutlich weniger als Lara.

Im nächsten Moment wurde ich von Holger abgelenkt, der unseren Esstisch fotografierte. Was mir nicht sonderlich gefiel. Auch wenn ich inzwischen wieder angezogen war und mich auch wieder einigermaßen wach fühlte – fotogen war ich bestimmt noch nicht wieder.

„Aber bitte nicht alle Bilder bei Joyclub einstellen", sagte eine Frau zu unserem Gastgeber.

„Na, der Frühstückstisch ist doch harmlos", erwiderte er.

Was eigentlich auch stimmte. Es gab zwar außer mir noch einige weitere Menschen, denen man den Schlafmangel ansah, aber alle waren wieder halbwegs gesittet angezogen.

„Den Frühstückstisch meine ich auch nicht", setzte die Frau nach.

„Was meinst du denn?", fragte ich sie.

„Na all die Bilder, die Holger heute Nacht gemacht hat", entgegnete sie.

„Er hat heute Nacht fotografiert?", fragte ich erstaunt.

„Ganz dezent", bestätigte Holger verlegen.

„Da würde ich allerdings auch Wert darauf legen, dass die Bilder nicht bei Joyclub oder wo auch immer landen – jedenfalls nicht mit erkennbaren Gesichtern", sagte ich.

„Oder sonstigen eindeutigen Merkmalen", fügte eine Frau mit einem markanten Zackentattoo auf dem Arm hinzu.

„Versteht sich von selbst", erwiderte Holger. „Ein paar Bilder würden wir schon gern einstellen. Aber alle Gesichter und Tattoos werden verpixelt. Versprochen. Und wir machen einen eigenen Bilderordner von der Party, den wir nur den Geburtstagsgästen freischalten. Wer sein Bild gelöscht haben will – einfach Bescheid sagen."

„Bescheid!", rief jemand in den Raum und alles lachte.

„Hast du mich auch fotografiert in der Nacht?", fragte ich Holger.

Er nickte.

„Beim Sex?", fragte ich vorsichtig weiter.

„Du hast einen geilen Hintern", erwiderte er lächelnd. „Vor allem, wenn ein Schwanz zwischen deinen Pobacken steckt."

Ich hatte keinen blassen Schimmer, wann und wo Holger ein solches Bild hätte machen können. Sicher, im Nachhinein fiel mir auf, dass er immer wieder vom Rand aus das Treiben betrachtet hatte. Aber ich hatte nie registriert, dass er dabei Fotos gemacht hätte. Allerdings musste man mit den guten Handykameras ja auch nicht mehr blitzen, sodass man das ja durchaus übersehen konnte – vor allem, wenn man selbst gerade sehr beschäftigt war. Ich fragte mich nur, wie ein nackter Mann die Kamera so gut verstecken konnte, dass seine Fotoaktion kaum jemandem aufgefallen war. Oder war ich die Einzige, die das übersehen hatte? Vielleicht hatte er ja an verschiedenen Stellen in seinem Haus vorab mehrere Handys oder Kameras deponiert. Zuzutrauen wäre ihm das. Er hatte ja auch sonst diese Party sehr gut vorbereitet.

Auf jeden Fall nahm ich mir vor, die angekündigte Bildergalerie sehr genau zu prüfen.

Die Runde am Frühstückstisch löste sich allmählich auf. Auch wir beschlossen, uns auf den Heimweg zu machen. Von einigen anderen Gästen verabschiedeten wir uns besonders herzlich – vor allem von jenen, mit denen wir Sex gehabt hatten. Was nicht gerade wenige waren. Mit Daniela und Florian tauschten wir auch Handynummern aus. Ich konnte mir gut vorstellen, die beiden mal für einen erotischen Abend zu uns einzuladen. Und vielleicht würden ja auch Annika und Marcel dazukommen. Leider wohnten beide Paare von uns aus gesehen noch hinter Magdeburg – also nicht eben um die Ecke. Aber wenn man es wollte, dann würde sich auch eine Gelegenheit finden.

Auf der Rückfahrt nach Hannover redeten wir praktisch pausenlos über die erotische Nacht und die Erlebnisse bei Lara und Holger – vor allem über die Teile der Party, die wir getrennt verbracht hatten. Steffen wollte genau wissen, was ich ohne ihn erlebt hatte. Und mir ging es mit ihm ebenso. Dieses Gespräch während der Autofahrt machte uns allerdings derart an, dass wir irgendwo auf einen Autobahnparkplatz fuhren, wo ich meinem Mann dringend einen blasen musste. Erst anschließend konnten wir die Fahrt fortsetzen.

Das Lebensgefühl nach so einem ausgiebigen Gruppensex-Erlebnis war stets sehr besonders. So etwas hielt tagelang an. Bei jeder Gelegenheit schoben sich dann die Bilder der Nacht vor mein geistiges Auge. Oft genügte der kleinste Anlass dafür. So saß ich zwei Tage später im Auto und wurde auf dem Innenstadtring in Hannover von einem anderen Fahrzeug überholt. Als es vor mir einscherte, fiel mein Blick auf das Nummernschild. Es war ein Wagen aus der Harzstadt Goslar, auf dem Kennzeichen war also das Städtekürzel GS zu lesen. In der Welt der Swinger stand diese Abkürzung für Gruppensex. Sofort war ich gedanklich wieder im wilden Treiben auf dem Magdeburger Dachboden, aus dem mich erst ein nachfolgender Autofahrer mit seiner Hupe aufschreckte, weil ich das Umspringen der Ampel auf grün übersehen hatte. Ich musste über mich selbst grinsen.

Selbst als Steffen und ich am späten Nachmittag dieses Tages bei unserer Sparkassenfiliale Geld abheben wollten, holte mich das erotische Kopfkino ein. Als mein Mann seine EC-Karte in den Geldautomaten steckte, spuckte der sie umgehend wieder aus. Erst nachdem er die Karte gedreht hatte, nahm der Automat sie an.

„Tja", konnte ich mir nicht verkneifen zu sagen: „Manchmal muss man es eben öfter reinstecken."

Mein Liebster reagierte mit einem süffisanten Grinsen, und ich wusste, dass in seinem Kopfkino das gleiche Programm lief wie in meinem.

Weitere zwei Tage später tauchten Steffen und ich gedanklich erneut in diese sehr besondere Geburtstagsparty ein – und dieses Mal durch einen sehr viel konkreteren Anlass. Lara und Holger hatten uns (wie wohl allen Gästen jener Nacht) eine Mail geschickt und auf ihre neue Bildergalerie bei Joyclub verwiesen. Der Ordner trug den harmlos klingenden Namen „Laras Projekt" und war nur zu öffnen, wenn man eine Freischaltung dafür erhielt. Neugierig betrachteten wir die Bildergalerie.

Holger hatte in dieser Nacht tatsächlich heiße Bilder gemacht. Alle waren klugerweise ohne Blitz entstanden – womit er Störungen und auch mögliche Proteste hatte vermeiden können. Außerdem fingen die (teilweise auch deutlich unterbelichteten) Bilder auf die Weise die Atmosphäre besser ein, als das Aufnahmen vermochten, die mit Blitzlicht entstanden waren. Auf den meisten Fotos war tatsächlich seine Frau zu sehen – stets mit einem anderen Mann. Oder auch mehreren.

Das Bild, auf dem Steffen Lara auf dem Ehebett von hinten nahm, gefiel mir. Steffens sportliche Figur kam dabei gut zur Geltung, auch sein Schwanz war zwischen ihren Pobacken ein Stück weit zu erkennen. Hinter den beiden waren Florian und Annika in derselben Situation zu sehen. Jedenfalls wenn man musste, dass es die beiden waren. Denn wie versprochen waren alle Gesichter, bis auf das unserer Gastgeberin, verpixelt.

Holger war wirklich sehr dezent gewesen bei seinen Fotos. Obwohl ich ja auch mit im Raum gewesen war, hatte ich nicht das Geringste davon mitbekommen. Zu meiner Überraschung gab es auch ein Bild von dem Vierer, den Daniela und ich mit dem Glatzkopf und dem Schwarzhaarigen im Kinderzimmer erlebt hatten. Holger hatte also nicht nur einen Spruch gemacht, als er beim Frühstück von meinem Po und dem Schwanz dazwischen gesprochen hatten. Auf dem Foto war aber nicht nur mein Po zu sehen, sondern auch der von Daniela – und beide ritten wir auf unseren Lovern. Glücklicherweise musste an dem Bild nichts gepixelt werden. Es war auch so niemand zu erkennen. Zudem war es recht dunkel. Ich hatte in der Situation nichts davon mitbekommen, dass Holger sich ins Zimmer geschlichen hatte. Und vermut-

lich war es meinen drei Mitspielern nicht anders er-
gangen.

Als Steffen und ich an diesem Abend gemeinsam
durch die unendlichen Joyclub-Weiten surften, entdeckten wir noch etwas anderes in diesem Erotikfo-
rum: In unserer Besucherliste fiel uns das Profil eines
Paares aus Bernburg an der Saale auf. Der großen
Busen der jungen Frau und die glatte Brust ihres
Partners kamen mir sehr bekannt vor. Obgleich die
Gesichter auf den Bildern der beiden verpixelt waren,
erkannten wir sie sofort. Ohne, dass wir uns darüber
verständigen mussten, bewegte Steffen den Mauszei-
ger auf das Feld „Clubmail".

Ich lehnte mich an ihn, und sah zu, wie er Annika
und Marcel eine Mail schrieb. Ich hatte das ganz starke Gefühl, dass sie unsere Einladung nach Hannover
nicht ausschlagen würden. Und dieses Mal sollte mich
mein Bauchgefühl bei den beiden nicht täuschen.

Von Kirsten Steiner sind bisher
folgende Titel erschienen (Stand Februar 2019):

Schneetreiben für vier

Winter, Sonne, Sex – eine wundervolle Mischung. Allerdings waren Sabrina und Florian, mit denen wir diesen Skiurlaub im Montafon verbrachten, als Swinger noch völlige Anfänger. Dennoch wurde es eine heiße Woche zwischen Piste, Sauna und Bett. Aber vielleicht war es auch gerade deshalb so spannend, weil die beiden gar nicht so recht wussten, was sie eigentlich wollten. So manches haben sie mit uns dann aber entdeckt.

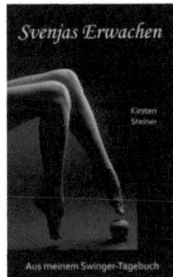

Svenjas Erwachen

Meine Schulfreundin Svenja war schon immer ein schwieriger Fall. Als Teenager hatte sie nie einen Freund abbekommen, als Studentin geriet sie stets an die falschen Männer. Und als sie mir dann einmal erzählte, dass sie seit fünf Jahren keinen Sex mehr gehabt hatte, habe ich sie zu einem Besuch im Swingerclub überredet – nur sie und ich und ohne meinen Liebsten. Und mit einer Freundin durch einen Club zu streifen, ist etwas ganz anderes als mit einem Mann an der Seite.

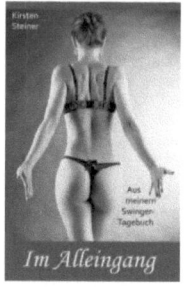

Im Alleingang

Mir war nicht ganz wohl bei der Sache.
Aber Steffen hatte etwas gut bei mir,
und so ging ich auf seinen Vorschlag ein:
Gemeinsam in den Swingerclub – aber
dann sollte jeder für drei Stunden
allein auf Pirsch gehen. Im Nachhinein
war ich erstaunt, was in drei Stunden
so alles passieren kann.

Spielzeit

Vier Paare, ein Ferienhaus und ein sonniges
Pfingstwochenende: Die Zutaten zu diesem
Spiele-Wochenende waren verlockend,
und wir folgten der Einladung. Wobei wir
nicht geahnt hatten, dass unsere Gastgeber
wirklich spielen wollten. Allerdings wurden
das Spiele der besonderen Art.

Mallorquinischer Seitensprung

Zwei Männer allein für mich: Mit dieser
pikanten Überraschung wollte Steffen mir
den Urlaub versüßen – was ihm auch
gelang. Doch dieser zweite Mann hatte ein
kleines Geheimnis. Und das sollte
noch ein ganz anderes erotisches Abenteuer
auslösen – ein Erlebnis, an dem nicht nur
wir drei beteiligt waren.

Die Frau, die in einen Swingerclub hineinging und aus einem Jungbrunnen herauskam

„Mein Mann vögelt mit so schönen jungen Frauen wie dir seine Midlife-Crisis weg", hatte Sylvia nach unserem Vierer auf der Swingerclub-Matte zu mir gesagt. Im weiteren Verlauf des Abends stellte ich fest, dass sie mit ihrer Einschätzung wohl durchaus richtig lag – sie selbst aber auch tief in dieser Krise einer Mitt-Vierzigerin steckte. Doch obgleich sie es zunächst nicht so recht glauben wollte, tat der Sex mit einem deutlich jüngeren Mann ganz offensichtlich auch ihr gut. Und nicht nur mit einem …

Räumchen wechsel dich

Swingen ja, aber Partnertausch in getrennten Räumen? Das kam für uns nicht infrage. Dachten wir … Dann aber trafen wir Katja und Lukas, die das eigentlich genauso sahen. Eigentlich … Doch zu unserer Überraschung entwickelte sich der erotische Abend mit den beiden ganz anders, als wir alle das wohl erwartet hatten …

Zwei Männer, zwei Frauen, eine Verführung

Wir hätten nicht geglaubt, dass eine Beziehung zu viert funktionieren würde. Mit Birte und David jedoch entdeckten wir eine ganz neue Dimension des Swingens. Plötzlich war alles möglich, alles erlaubt. Wir erlebten mit den beiden die aufregendste Zeit unseres Swingerlebens – und ein Wechselbad der Gefühle. Wir kamen den beiden unglaublich nah. Vermutlich zu nah.

Sommer, Sonne, Billard, Bisex

Swingererlebnisse im Urlaub sind eine wundervolle Sache – wenn man denn die richtigen Mitspieler dafür findet. Vor unserem Herbsturlaub auf Menorca hatten wir deshalb schon vorab ein entsprechendes Date vereinbart. Das allerdings sollte zu einer ziemlichen Enttäuschung werden, sodass wir uns bereits auf einen Urlaub nur in Zweisamkeit einstellten. Doch dann geriet ein ganz anderes Paar in unseren Blick. Mit diesen zwei jungen und attraktiven Menschen sollten wir gleich mehrere Überraschungen erleben. Und sie mit uns.

Monogamie für Fortgeschrittene

Einander treu sein und dennoch fremde Haut spüren, klingt wie duschen, ohne
nass zu werden. In ihrem Buch erläutern Kirsten und Steffen Steiner, wie dieser scheinbare Widerspruch dennoch funktioniert und für eine harmonische Beziehung sogar ausgesprochen hilfreich sein kann. Dafür greifen die Autoren, die seit Jahren in der Swingerszene aktiv sind, sowohl auf eigene Erlebnisse bei zahlreichen Clubbesuchen und privaten Treffen zurück als auch auf Gespräche mit anderen Paaren, die sie in diesem Buch zu Wort kommen lassen. Mit persönlichen Geschichten und Anekdoten geben sie einen Einblick in die Welt der Swinger. (Sachbuch)

Drei Pastorentöchter und die Verführung der Hochzeitstorte

In einem Göttinger Studentenwohnheim treffen drei junge Frauen mit einer seltenen Gemeinsamkeit aufeinander: Alle drei sind Pastorentöchter und haben eine ausgesprochen fromme Jugendzeit erlebt. Was die drei jedoch unterscheidet, ist ihre Sexualität: Während sich Pia fröhlich durch die halbe Uni vögelt, hat Swantje den festen Vorsatz, irgendwann einmal als Jungfrau in die Ehe zu gehen. Und Kerstin möchte ihre Jungfräulichkeit nach den Jahren der unfreiwilligen Enthaltsamkeit im elterlichen Pfarrhaus so bald wie möglich loswerden. Der Spagat zwischen Frömmigkeit und Sex führt zu Verwicklungen, die für alle drei ziemlich überraschend sind. (Erotischer Liebesroman)

Drei Frauen sind keine zu viel

Ich hatte ja geahnt, dass diese Besucherin auch in unserem Ehebett landen würde. Schließlich war Tabia, die während der Computermesse Cebit für ein paar Tage bei uns in Hannover wohnte, nicht irgendeine Freundin. Mein Mann und ich kannten sie seit Jahren von verschiedenen Swinger-Treffen. Aber dass Tabia unsere Gastfreundschaft derart großzügig nutzen würde, überraschte mich dann doch.

Lob? Kritik? Anmerkungen? Fragen?
Ich freue mich über eine Mail an:

kirsten.steiner84@web.de

Und natürlich freue ich mich auch über
das Geschenk einer kleinen Rezension
in einem der Buchshops im Internet.